Dirk Walbrecker
Baron von Münchhausen
Reihe: Walbreckers Klassiker
Kuebler Verlag

**Das Buch:**

Warum kann Lügen so große Freude machen? – Man darf als Erzähler schamlos übertreiben, kann die Leser und Leserinnen total in die Irre führen, man darf sich selbst zum glorreichen Helden machen. Ein Meister der Lüge und der Fantasie ist der berühmte Baron von Münchhausen: Er erzählt uns von seinen Reiseabenteuern – eines spannender und verrückter und haarsträubender als das andere! Ein „Klassiker" der Lügen-Literatur!

**Der Autor:**

Dirk Walbrecker, geboren in Wuppertal, seit 1965 in München und jetzt in Landsberg am Lech lebend, Vater von 3 leiblichen Töchtern und inzwischen auch von zahlreichen literarischen Kindern.
Nach diversen Studien (u.a. Germanistik und Pädagogik) viele Jahre beim Film und einige Jahre in der Schule gearbeitet.
Seit 1986 freiberuflicher Autor: Drehbücher, Hörspiele, Hörbücher sowie Bilderbücher, Kinder- und Jugendromane. Zahlreiche Auszeichnungen und in 15 Sprachen übersetzt.
In den letzten Jahren häufig auf Lesereisen, um jungen Menschen live und lebendig Freude an Literatur und allem Musischen zu vermitteln.
Zudem Schreibwerkstätten verschiedenster Art und Thematik für Kinder, Jugendliche und Erwachsene.
Nähere Informationen, Unterrichts-Materialien etc. unter: www.dirkwalbrecker.de

Walbreckers Klassiker für die Familie

# Baron von Münchhausen

Neu erzählt
von Dirk Walbrecker

Walbreckers „Klassiker für die ganze Familie“ im Internet: www.klassiker-fuer-die-familie.de

Impressum

ISBN 978-3-86346-085-3
Neu vom Autor durchgesehene Ausgabe

Korrektorat: Dr. Rainer Noske
Druck: BOOKPRESS.EU

# Die Reise nach Russland

Liebe Leserinnen, verehrte Leser! Ich bin gerade mitten im Gespräch.

Meine besten drei Freunde weilen bei mir und wollen von einer meiner aufregendsten Reisen erzählt bekommen. Wie immer, wenn wir zusammensitzen, knistert es vor Spannung, raucht es aus allen Pfeifen und es fließt reichlich aus der Karaffe …

Doch bevor es richtig losgeht, möchte ich mich und meine Freunde kurz vorstellen: Meine Wenigkeit dürfte wohl jedem von euch bekannt sein: Ich bin der berühmte Baron von Münchhausen. Ich stamme aus dem uralten Geschlecht derer von Münchhausen, in dem es von Berühmtheiten nur so wimmelt. Aber ehrlich: Niemand unter meinen namhaften Ahnen hat es zu solchem Ruhm gebracht wie ich!

Natürlich habe ich mich oft gefragt, warum die Menschen mich überall so gut kennen und mich so sehr mögen. Liegt es daran, dass das, was ich zu erzählen habe, so einmalig, so außerordentlich und so besonders ist? Oder sind es meine Bescheidenheit und mein Hang zur Ehrlichkeit, die den Menschen imponieren? Oder liegt es sogar an meinem einnehmenden und liebreizenden Äußeren?

Wie es auch sei – ich bemühe mich, immer mit beiden Beinen oder wenigstens mit einem Bein auf dem Boden zu bleiben. Und wenn ich tatsächlich mal abhebe … dann liegt es nicht an mir, sondern immer an den anderen – das schwöre ich!

Doch zurück zu meinen Freunden, die schon ganz ungeduldig werden, weil ich immer noch nicht erzähle. Wie ich schon andeutete: Wir treffen uns öfter hier in meinem Heim und wenn ich mal auspacke mit meinen Abenteuern, so passiert es gewöhnlich, dass wir Zeit und Raum vergessen – so fesselnd und kurzweilig sind meine Geschichten.

Nun glaubt bitte nicht, die Herren hier seien unkritische Zuhörer. Das Gegenteil ist der Fall! Der Herr, der mir gegenüber sitzt, ist immerhin ein anerkannter Gelehrter, dessen Beruf es ist, alles und jedes zu hinterfragen. Wenn er mich durch seine Augengläser betrachtet, so merke ich, wie er darauf aus ist, auch das letzte Körnchen Unwahrheit in meinen Erzählungen aufzuspüren. Dennoch schätze ich Antonius – so lautet sein Name – sehr. Lieber ein misstrauischer Zuhörer wie Toni als gar keiner, der mir zuhört!

Der Herr zu meiner Linken ist ein besonderer Fall. Schon sein Name mag vermitteln, dass er nicht ganz von dieser Welt ist: Engelbert tauften ihn seine Eltern und unter uns Freunden nennen wir ihn öfter Berti. Berti ist – ganz im Vertrauen gesagt – unsagbar neugierig. Er hängt an meinen Lippen, als ob diese Wahrheiten aus dem Jenseits verkünden würden. Berti ist einfach sensationsgierig und zugleich ungemein gutgläubig. Dennoch scheint er von einem anderen Stern zu sein. Denn manchmal hat er Fragen, die kein Kind stellen würde. Und wenn es einmal ein bisschen unheimlich wird, dann wird er blass … oder er beginnt gar zu zittern.

Ganz anders der etwas rundliche Herr zu meiner Rechten: Siegbold ist sein Name und General ist sein Beruf. Ob Boldi, wie ich meinen Freund zärtlich nenne, allerdings je erfolgreich gegen eine Fliege gekämpft hat, möchte ich bezweifeln. Boldi ist und bleibt der gutmütigste Mensch, den ich kenne. Er lässt keinen Genuss, welcher Art auch immer, aus. Und außerdem war er schon dann und wann mein Reisebegleiter und dies sagt eigentlich alles!

Doch nun lauscht, was ich zu erzählen habe!

Könnt ihr euch vorstellen, liebe Freunde, wie furchtbar kalt der russische Winter ist?

Ich und mein treuer Gaul haben es erlebt.

„Wieso reist der Baron Hieronymus von Münchhausen ausgerechnet im tiefen Winter nach Russland?“, werdet ihr vielleicht fragen.

Das ist sehr einfach erklärt: Im Winter sind die Holperwege gen Osten dank Frost und Schnee leichter passierbar als im Sommer!

So trabte ich also Meile um Meile in diese Himmelsrichtung. Der Schnee wurde mehr und mehr und irgendwann schien es mir, als habe er das ganze schöne Russland samt seinen lieben Menschen im wahrsten Sinne des Wortes verschluckt. Kein Haus, kein Baum, kein Nichts war mehr zu finden. Und als mich und meinen Gaul nach tagelangem Ritt die Müdigkeit überkam, da war ich froh, ein spitzes Irgendwas zu entdecken, an dem ich mein müdes Pferd festbinden konnte. Auch auf die Gefahr hin, über Nacht eingeschneit zu werden … ließen wir uns in unserem weichen, weißen Schneebett nieder und schliefen umgehend ein. Und nun kommt es, liebste Freunde: Wir schliefen und schliefen und schliefen … bis uns die Kirchenglocken weckten!

„Die Kirchenglocken?", fragt ihr verblüfft.

Jawohl! Genau die! Auch ich sperrte verblüfft und verwirrt Ohren und Augen auf, blickte in die verwunderten Gesichter einiger russischer Gestalten! Ich hielt Ausschau nach meinem Gaul und konnte es nicht fassen: Da zappelte doch der Gute hoch oben an der Kirchturmspitze, wo ich ihn festgebunden hatte, bevor – während wir den Schlaf der Gerechten und Ehrlichen schliefen – das Tauwetter eingesetzt hatte.

Mich selber hatte es dabei sozusagen hinunter auf den Kirchplatz getaut … mein Pferd aber hing dort oben und wieherte!

Ach, wie hatte ich Mitleid mit meinem guten Reisebegleiter! Der Arme zappelte hilflos da oben herum und hoffte auf Rettung! Wer kann auch damit rechnen, dass es über Nacht

Tauwetter gibt und so ein kleines festes Ding im Schnee die Spitze eines Kirchturms ist!

Natürlich, ich habe daraus etwas gelernt: Künftig werde ich jedes Winzelding im Schnee genauestens prüfen, bevor ich es in Gebrauch nehme – das verspreche ich hiermit hoch und heilig!

Und eines sei noch hinzugefügt: Meinem lieben Pferd half ich schuss… ich meine schlussendlich mit einem Schuss: Ich traf seinen Halfter millimetergenau und das arme Tier landete hart, doch ohne Blessuren direkt neben mir!

ꙮ

Und weiter ging die Reise durch Russland – von nun an allerdings ganz gepflegt mit einem Schlitten. Und was geschah, als wir uns in rasanter Fahrt durch Tiefschnee St. Petersburg näherten?

Ein Tier auf vier Beinen, ein leibhaftiger Wolf …, jagte hinter uns her!

Nun sollte ich erst einmal kurz innehalten und etwas über meinen Mut sagen, ihr lieben, verehrten Freunde.

Er ist – das kann ich mit Fug und Recht behaupten – immer schon immens gewesen. Selbst als kleinem Kind grauste es mir nicht und niemals vor Regenwürmern, Spinnen und ähnlichem Getier. Schon damals war mir klar: Ich hätte ja nicht nur mich, sondern in einem Zuge meine ganze berühmte Sippe blamiert, wenn ich nicht jedem Tier furchtlos in die Augen geblickt hätte. So gelang es mir mit magischem Blick, Kaninchen zu hypnotisieren und Fröschen sogar das Quaken auszutreiben – nur einem zähnefletschenden Wolf, dem war ich wahrhaftig noch nicht begegnet!

Was also tun? Ich sorgte für Tempo, für rasantes Tempo! Anders gesagt: Ich rief meinem treuen, gejagten Gaul zu, was die Stunde geschlagen hatte.

Dass der Bursche hinter uns offenbar Hunger hatte – das hatte ich auf den ersten Blick gesehen. Ob es ihn aber nach Menschenfleisch oder nach Pferdefleisch gelüstete – das war bei der rasenden Fahrt nicht so einfach festzustellen …

Wie also war das Problem zu lösen?

Sollte ich etwa vorsichtshalber mein Pferd hergeben, um mein wertes Leben zu retten?

Oder etwa umgekehrt? Nein, so sehr ich mein treues Pferd liebte – so ganz freiwillig wollte ich mich nicht für den Guten opfern – das wäre doch zu viel verlangt gewesen!

So begann ich also bei wildester Fahrt zu verhandeln: Ich versprach dem Wolf den fettesten Lammbraten von ganz St. Petersburg und alle anderen Köstlichkeiten … Ich wechselte meine Taktik und rief ihm zu: Ich und mein Pferd hätten gerade die Masern, die Röteln und wahrscheinlich sogar die Pest …

Es nützte alles nichts: Das gierige Tier setzte plötzlich zu einem Riesensprung an, flog über mich und den Schlitten hinweg, erwischte das Hinterteil meines geliebten Pferdes … und bevor ich Weiteres beobachten konnte, fiel ich in Ohnmacht!

Und was sah ich, als ich meine schönen braunen Augen wieder aufschlug?

Das Pferd war verschwunden! Statt seiner lief im Geschirr der Wolf, zog den Schlitten in unbeschreiblich schneller Fahrt, obwohl er ja eigentlich übersättigt sein musste … oder was meint ihr?

Was soll man mehr dazu sagen? Für mein Pferd, das damals schon nicht mehr das jüngste war, war es ein schneller und heroischer Tod. Und für mich ging die Reise, jetzt ohne meinen lieben Begleiter, weiter …

ꟹ ꟹ

Natürlich ging es nicht immer so lebensgefährlich zu in diesem schönen, weiten Russland. Wie euch ja wohl bekannt ist, liebe Freunde, sind es vor allem die russischen Menschen, die russische Seele, die eine Reise in die östlichen Gefilde so lohnenswert macht. Überall in diesem Land findet man geistvolle Gesprächspartner, mit denen man über die Wissenschaften, die Künste und besonders über die liebe Politik diskutieren kann.

Was aber jedem Gespräch erst die richtige Würze gibt, was einem Russen gleichsam die Zunge löst … das sind der Wodka, der Weinbrand und andere scharfe Sachen. Und wenn er dann auch noch ein Pfeifchen schmauchen und beim Kartenspiel ein gutes Blatt in Händen halten kann, wie mein Freund, der General, dann ist für einen amüsanten Abend gesorgt.

Ach ja: Auf diesen uniformierten Mann muss ich noch genauer eingehen – denn er ist der größte Trinker, der mir je begegnet ist! Was dieser Haudegen an einem Abend in sich hineingießen konnte, war einfach phänomenal …

Dabei hätte man annehmen können, gerade dieser Herr müsse sich zurückhalten: Denn schließlich hatte er auf einem Feldzug gegen die Türken – man mag es kaum glauben – die obere Hälfte seines Hirnschädels eingebüßt. Und dies war auch der Grund, warum er nie – besser gesagt: fast nie – seine Kopfbedeckung abnahm.

Bei unserem ersten gemütlichen Abend war mir das natürlich alles noch ein Rätsel: Ich sah nur, wie der Kerl trank und trank und trank und zu meiner maßlosen Verblüffung einfach keinerlei Anzeichen von Betrunkenheit zeigte.

Dann aber kam ich dem Schelm auf die Schliche! Dieser alte Säufer hatte nämlich einen Trick auf Lager, der ihn sozusagen trinkfest machte. Kaum nämlich hatte er sein erstes Fläschchen intus, lüftete er kurz seinen Hut … besser gesagt: seinen Kopf! Denn an seiner Kopfbedeckung war auch die Silberplatte befestigt, die ihm nach dem Gefecht mit den Türken als Schädeldeckenersatz verpasst worden war. Kaum also war die Platte weg, stieg eine Wolke von Dunst aus seinem Kopf!

Ich traute meinen Augen nicht und zweifelte auch an meinem Geruchssinn. Doch als ich ganz unauffällig, aber voller Neugier an dem General herumschnüffelte, war der nur amüsiert und machte mir einen Vorschlag:

„Nehmen Sie ein Zündholz, Baron, und schauen Sie, was passiert!"

Ich tat, wie mir empfohlen, zündete ein Hölzchen an und hielt es in die Nähe der aufsteigenden Dünste: Zisch und Plopp! Was für ein wundersames Schauspiel! Im Nu hatte sich die alkoholische Wolke über dem Haupt unseres Kriegshelden in eine Feuersäule verwandelt. Und derjenige Teil der Dünste, der noch zwischen den Haaren des Hutes verweilte, bildete in den schönsten Feuerfarben einen leuchtenden Schein – prächtiger, als ihn je ein Heiliger gehabt hatte …

Der General war so angetan von diesem Schauspiel und seiner eigenen Ausstrahlung, dass er mir immer wieder erlaubte, den Trick zu wiederholen. Vielleicht war es aber auch ein willkommener Anlass, etliche Wodkas mehr hinter die Binde zu gießen …

# Jagdgeschichten und andere Scherze

Wie ich vermute, ihr lieben Freunde, ist noch niemand ermüdet von meinen tollen Erlebnissen. Also erzähle ich einfach weiter … und zwar von einem ungeheuerlichen Vorfall, der mir bei der Jagd passierte.

Ich war mal wieder auf der Pirsch. Und mein Ziel war es, einige fette Enten zu erlegen, denn verwandtschaftlicher Besuch hatte sich angesagt – darunter auch einige Vielfraße. Nun musste ich jedoch zu meinem Leidwesen feststellen, dass ich meine Munition vergessen hatte! Mein Gewehr war also zu nichts nutze …

Was aber macht ein schlauer Waidmann, wenn er zwar sein Opfer, das auf einem Teich schwimmt, vor Augen hat – es aber nicht erlegen kann?

Natürlich: er lässt sich etwas einfallen!

Also nahm ich ein Stückchen Schinkenspeck, band es an das Ende einer langen Schnur und warf den Köder aus meinem Versteck hinaus den Enten just vor die Schnäbel. Ein kurzes Gerangel und Geraufe und … schwupp … die schnellste und geschickteste Ente hing am langen Faden!

Und nun, meine Freunde, kommt das Glanzstück! Denn wie heißt es im schönsten Jägerlatein: Ein guter Jäger ist ein geduldiger Jäger!

Ich wartete also und siehe da: Das glatte Stück Speck am Ende meiner Angelschnur kam bald, ganz unverdaut, hinten aus dem Popo des Schlingfraßes wieder heraus! Schwupp war schon die nächste Ente da und verschlang es gierig. Und wie bei der ersten (die ja immer noch an der Schnur hing!) konnte ich darauf warten, bis das Verschlungene unverdaut wieder auftauchte. Schwupp – schon kam die nächste und die übernächste und so immer weiter … Kurz gesagt, der Speck machte die Reise durch alle Enten hindurch, ohne sich von seinem Faden zu lösen.

So ließ ich es geschehen – bis ich sage und schreibe sechs Enten an der Schnur hatte! Mit denen machte ich mich auf den Heimweg … zunächst natürlich zu Fuß. Als mir dies allerdings irgendwann zu beschwerlich wurde und die lieben Vögel sich von ihrem Schock erholt hatten, kam mir eine tolle Idee:

Ich musste nur einmal kräftig in die Hände klatschen – da erhoben sich die dummen Vögel, hoben mich in die Lüfte und wir waren zu siebt das tollste Geschwader, dass die Erde, besser gesagt: der Himmel je gesehen hatte!

„Nun hat er endgültig den Boden unter seinen Füßen verloren, jetzt ist er für uns alle verloren, der gute Hieronymus!“, werdet ihr denken.

Doch dabei habt ihr meine Rockschöße vergessen, die sich hervorragend zum Steuern eigneten!

Kurzum: Ich hatte mit meinen „Zugvögeln“ einen guten Flug. Ich peilte mit größtem Geschick mein Haus und auf diesem genau den Schornstein an. Ich ließ mich samt Enten durch den Schlot fallen. Und ich landete genau dort, wo mein Koch gerade das Feuer entfachen wollte – in Erwartung seines Herrn und dessen reicher Jagdbeute …

Bevor ich zu meinem nächsten erfolgreichen Jagdabenteuer komme, muss ich, da ich, wie aus aller Munde zu hören, ein grundehrlicher Mensch bin, erst einmal von einem sehr blamablen Unternehmen erzählen:

Ich war wieder auf der Pirsch. Ich fühlte mich gut in Form. Und ich war entschlossen, nicht ohne einen kapitalen Hirschen vor die Augen meiner Freunde zu treten. Weit gefehlt – es kam alles ganz anders!

Erst einmal musste ich Ewigkeiten warten, bis endlich ein Geweih auf der Lichtung erschien. Glücklicherweise hatte ich einen größeren Vorrat an Kirschen dabei. An dem labte ich mich derweil und spuckte mit den Kernen nur so um mich …

Dann endlich das ersehnte Röhren und bald darauf erscheint im Lichte des Mondes ein Vielender, der das Herz eines jeden Jägers lauthals schlagen lässt! Doch was muss der gute Hieronymus feststellen, als er sein Opfer schon im Visier hat: Das Gewehr ist nicht geladen! Die Munition liegt vergessen zu Hause!

Da euer Freund aber ein schlauer Bursche ist, greift er zu einer Finte: Er lädt seine Flinte flugs mit Kirschkernen! Er zielt. Er trifft auch. Der Hirsch kommt ins Taumeln … euer Freund wähnt sich schon als Sieger … doch da haut dieses gehörnte Vieh einfach ab!

So geschah es und ich war traurig, dass mir so ein Prachttier entgangen war.

ꟷ ꟷ

Nach einem Jahr war ich erneut auf der Pirsch in diesem Wald und es zog mich wie magisch genau an den Ort, wo ich kein Jägerglück gehabt hatte. Ja, so kann das Leben sein: Zu meiner Beglückung begegnete mir tatsächlich genau an dieser Stelle erneut ein Hirsch.

Und was für einer! Ich traute meinen schönen braunen Augen nicht: Trug dieser kapitale Bock doch nicht nur ein Geweih … nein … auf seinem Kopf prangte ein kleiner Kirschbaum, an dem reichlich rote Früchte hingen!

Könnt ihr euch meine Verblüffung vorstellen, liebste Freunde?

Natürlich fragte ich mich, ob ich plötzlich unter schweren Sehstörungen litte oder gar etwas in meinem Gehirn in Unordnung geraten sei. Oder wollte etwa ein gemeiner Jemand einen üblen Scherz mit mir treiben?

Dann plötzlich machte es klick … klickklick … und schließlich klickidiklick! Und ich wusste, wer vor mir stand: Es war genau der Hirsch, dem ich ein Jahr zuvor mit den Kirschkernen eins aufs Fell gebrannt hatte. So verrückt es auch klingen mag: Einer der Kerne war offensichtlich in den Kopf des Tieres eingedrungen, hatte dort Wurzeln geschlagen und für ein kräftiges Kirschgewächs gesorgt.

Dieses Mal hatte ich natürlich echte Munition dabei und es war nur eine Frage von Sekunden, bis ich das Tier erlegt hatte.

Ich muss nicht erwähnen, welche Kulleraugen mein Meisterkoch machte, als ich ihm die Haupt- und Nachspeise in einem Stück auf den Küchentisch legte …

ഇ ര

Ja, meine Lieben, es geht munter zu bei der Jagd und ich könnte da noch so manches erzählen, bei dem euch das Gruseln und Grausen käme. Doch es langweilt mich auf die Dauer, wenn man nur Geschichten erzählen kann, in denen die Hauptperson am Schluss stets als Sieger dasteht. Aber es ist nun einmal so: Eurem Freund, dem Baron von Münchhausen, klebt das Glück einfach an den Schuhen – egal, ob er in Russland, im Wald, auf der See oder auf dem Mond unterwegs ist …

Einmal allerdings, in St. Petersburg, schien mich die Glücksgöttin Fortuna vergessen zu haben. Ich war gerade unterwegs, um mir diese attraktive Stadt ein wenig anzusehen, da hörte ich plötzlich ein Kläffen. Ich drehte mich um – und was sehe ich nahen?

Ein Untier von einem russischen Hund!

„Was soll's!", sagte ich mir ganz locker. „Dem wird ich's gleich zeigen!" Ich holte einmal tief Luft und veranstaltete dann ein kleines Wettrennen mit dem großen Köter. Irgendwas aber schien dem Kläffer an mir zu gefallen. Jedenfalls blieb er mir stur und stetig auf den Fersen. Und als ich ihn auch an meinem Gasthaus noch nicht abgeschüttelt hatte … da blieb mir keine andere Wahl: Ich musste meinen geliebten Rock opfern, um meine teure Haut zu retten! Also raus aus der Klamotte und rein ins Haus! Noch das Zuschnappen der Zähne in den Ohren, stürmte ich keuchend hinauf in mein Zimmer …

Gerettet?

Eigentlich noch nicht. Denn das Spektakel ging weiter: Kaum war der tollwütige Vierbeiner verschwunden und mein zerfetzter Rock ins Haus geholt, da geschah Merkwürdiges: Erst schrie das Stubenmädchen hysterisch um Hilfe! Gleich darauf hörte ich den Diener tierische Urlaute von sich geben! Nicht viel später schienen sich auch der Koch und die Haushälterin mit jemandem herumzuschlagen!

Was zum Teufel war das hier für ein Tollhaus?!

Neugierig und mit ungutem Gefühl verließ ich mein Zimmer und zur Sicherheit nahm ich meine Pistole mit. Und tatsächlich: Da unten benahmen sich alle Anwesenden wie Tollwütige! Und mittendrin tanzte mein zerfetzter Rock wie besessen, ja schier tollwütig im Raum herum und versuchte jeden, der im zu nahe kam, anzugreifen!

Was war geschehen: Einer der Angestellten hatte Gutes tun wollen, hatte dem Hund meinen Rock entrissen und ihn ins Haus gerettet.

Das tragische Ende ist schnell erzählt: Ich musste den Rock erschießen! Er war von dem tollwütigen Köter angesteckt worden und nur ein Gnadenschuss konnte ihm endgültig Einhalt gebieten …

ꟸ ꟹ

Nun, meine verehrten Freunde, ich hoffe, ich langweile euch nicht. Wie immer, wenn ich in aller Bescheidenheit von meinen Erlebnissen erzähle, bemühe ich mich, so genau wie möglich zu berichten, nichts wegzulassen, nichts hinzuzufügen, keine Übertreibungen einzubauen und mich selbst möglichst in den Hintergrund zu stellen. Ein langer Satz – aber genau so ist es mit mir!

Deshalb erzähle ich auch höchst ungern ein Geschehnis, bei dem mir so unglaubliches Jagdglück widerfuhr wie wohl keinem Menschen je zuvor: Es begann ganz harmlos am Morgen. Noch schlaftrunken stand ich auf, trat ans Fenster, warf einen Blick auf den idyllischen Teich … und was sahen meine verschlafenen Augen?

Die herrlichsten Wasservögel, die nur darauf warteten, brutzelnd in der Pfanne zu liegen!

Das Jagdgewand überwerfen, das Gewehr schnappen und Hals über Kopf die Treppe hinunterstürzen – das alles war die Sache von Sekunden. Dass ich aber vor lauter Hast den Ausgang nicht fand und stattdessen mit dem Kopf gegen den Türpfosten rannte, war eher eine schmerzliche Sache. Feuer und Funken stoben mir aus den Augen – trotzdem hatte ich nur eines im Sinn: die Wasservögel!

Ich schlich mich mit meinem Brummschädel zum Teich, wollte anlegen und stellte verärgert fest: Durch meinen Zusammenprall mit dem Türpfosten hatte auch das Gewehr gelitten – der Zündstein war einfach abgesprungen!

Was tut ein Baron Hieronymus von Münchhausen in einem solchen Fall?

Er erinnert sich an seine Funken sprühenden Augen. Er reißt die Pfanne des Gewehrs auf. Er legt auf die Vögel an. Er gibt sich noch einmal und freiwillig eins aufs Auge. Folge: Die Funken sprühen, der Schuss geht los und …

Seid beruhigt, ihr Lieben! Mir war nichts passiert, außer dass ich jetzt zwei blaue Augen hatte. Und die Zündung des Pulvers jedenfalls musste so ungeheuerlich gewesen sein, dass ich mit einem Schuss gleich fünf Paar Enten, vier Rothälse und ein Paar Wasserhühner erledigt hatte!

Dies erzähle ich in aller Bescheidenheit, auch wenn ich ehrlicherweise hinzufügen muss, dass keine Pfanne aufzutreiben war, in der sich meine reiche Beute braten ließ. Aber so ist das Leben, Freunde. An irgendwas mangelt es immer … und wenn es nur der Spaß an der Freude ist.

„Davon kann in unserer Runde wahrlich nicht die Rede sein, lieber Baron. Dein Freund Antonius jedenfalls lauscht mit größter Freude und wartet nur darauf, dich bei einer Lüge zu ertappen. Dann allerdings wäre es mit dem Spaß vorbei!"

„Und ich, dein guter Freund und Kamerad Engelbert, lieber Münchhausen, kann nur sagen: Die Spannung steigt bei jeder Geschichte. Ich frage mich und dich nur: Weiß deine Mama, die ehrwürdige und vielgerühmte Kunigunde von Münchhausen, eigentlich, welch wunderbaren, einmaligen und außerordentlichen Sohnemann … ach, was sag ich! … Baronemann sie hat?"

„Dazu kann Siegbold nur sagen: Lasst uns das Glas heben auf unseren Baron und lasst uns der nächsten Geschichte freudig entgegensehen!“

Fein, wenn man von lauter so lieben Freunden umgeben ist …

# Von Hunden, Hasen und Pferden

Manchmal muss man auch seinen Allernächsten die einfachsten Dinge, die einen umgeben, erklären:

Kennt ihr den da drüben, diesen Vierbeiner, liebe Freunde? Soll ich euch erzählen, warum er auf einem Sockel steht?

Er ist mein bester, treuester und liebster Jagdhund gewesen. Er hat mich bei unzähligen lebensgefährlichen Jagdabenteuern begleitet. Und wahrlich, er hat nicht nur einmal einen Bären, einen Luchs oder einen Löwen in die Flucht gebellt! Damit will ich keinesfalls mein eigenes Zutun schmälern. Doch Ehre, wem Ehre gebührt! Und Fritz, der eigentlich gar kein Fritz ist, hat sie echt verdient.

Allerdings sollte ich noch von etwas anderem sprechen, das mir schon so oft in meinem bisherigen Leben geholfen hat!

Immer wenn ich schon verloren schien und noch so gerade eben und mit knappster Not davonkam, dann half mir – dreimal dürft ihr raten – die ach so berühmte Fortuna. Ich weiß nicht, ob sie euch je begegnet ist. Mir ist auch nicht klar, ob Fortuna nicht vielleicht nur mich mag und deshalb auch nur meiner adeligen Wenigkeit zur Verfügung steht. Jedenfalls kann ich mich stets auf Fortuna verlassen. Und das sollte auch hier erwähnt sein: Fortuna kann sich auch auf mich verlassen!

Mit Fortuna allein allerdings geht nichts, das ist klar: Erst muss man sein Handwerk verstehen! Dann gilt es, für allerbestes Handwerkszeug zu sorgen. Und schließlich kommt es auf die Begleiter an: Pferd oder Hund, Männliches oder Weibliches oder was da alles noch so in Frage kommt …

Wenn zum Beispiel einem starken Zweibeiner ein schwacher Vierbeiner zur Seite steht, dann ist er weniger als ein Viertel wert. Und euer Freund, der Baron von Münchhausen, sagt in aller Bescheidenheit und Zurückhaltung: Mir war stets das beste Tier gerade gut genug. Und ob in meinen Hundezwingern oder in meinen Pferdeställen … nie hat dort ein durchschnittliches Tier gebellt oder gewiehert! Mein Fritz da auf dem Sockel jedoch, liebe Freunde, der war ein einmaliger und ganz besonderer Hund:

Tag und Nacht konnte ich ihn für meine Zwecke und Wünsche gebrauchen. Ging ich mit ihm nachts auf die Pirsch, so ließ er sich willig eine Laterne an den Schwanz binden, um mir zu helfen, die fette Beute aufzuspüren. Zugleich konnte ich mich auf seine ungemein feine Nase verlassen, die garantiert jedes Tier im Umkreis von drei Meilen erschnüffelte!

Ein Erlebnis jedoch muss ich gesondert erzählen, weil es schier unglaublich und unfassbar scheint: Ich war mal wieder auf der Jagd und wie immer hatte ich Fritz dabei. Diesmal jedoch schien mich das Jagdglück zu verlassen. Ein Hase, der uns auf einer Lichtung begegnet war, sollte unser Fang sein. Doch so genau ich auch mit meinem Gewehr zielte, so sehr ich Fritz auch zur Hatz antrieb ... dieser sonderbare Osterhase war einfach schneller als Schuss und Hund! Das Verrückteste dabei: Dieses Hasentier war so flink, als hätte es acht Läufe statt vier!

Auch Fritz schien von dieser Kreatur fasziniert. Jedenfalls jagte er mir das ungewöhnliche Tier schlussendlich und schussendlich doch noch vor die Flinte. Und da wollte ich meinen Augen nicht trauen: Dieses Wunderwesen hatte tatsächlich acht Läufe … vier ganz gewöhnliche und vier auf dem Rücken! Und genau da lag auch das Geheimnis seiner sensationellen Geschwindigkeit und Ausdauer. Hatte er nämlich seine flinken Beine müde gelaufen, so drehte er sich flugs auf den Rücken und rannte auf den vier ausgeruhten Beinen weiter!

Das tollste Ding aber leistete sich Fritz, als er einer trächtigen Häsin nachjagte: Schon länger hatte ich mich über die Körperfülle meines Hundes gewundert. Und nun sollten mir mit einem Schlage oder besser gesagt: bei einer Jagd die Augen geöffnet werden! Während nämlich Fritz trotz seiner ungewöhnlichen Fülle mit seiner unvergleichlichen Geschwindigkeit die Häsin jagte, hielt diese plötzlich inne und … warf sechs süße, kleine, putzige Hasenjunge!

Und nun kommt der dicke Hund: Offenbar von diesem einmaligen Wurf angeregt, gebar auch mein Fritz sechs kleine, süße, putzige Hündchen! Die zog er alsdann gemeinsam mit den Häschen auf – weshalb ich ihn jetzt eigentlich Fritzin nennen müsste …

Das Ende von meinem weiblichen Fritz ist schnell erzählt: Durch die ständige Jagerei in meinen Diensten wurden die Läufe meines Lieblings kürzer und kürzer. Am Ende sah die Gute einem Dackel zum Verwechseln ähnlich und mir blieb nichts anderes übrig, als sie nur noch bei der Dachsjagd einzusetzen – so, wie ich es da drüben auf dem Gemälde für alle Interessierten in Öl festgehalten habe.

❧ ☙

Nun, meine Freunde, möchte ich euch nicht länger mit einem Hundeleben langweilen. Es gibt auch Schönes über meine Pferde zu erzählen. Denn auch sie waren mir stets die verlässlichsten und treuesten Begleiter und sorgten neben der erwähnten Fortuna für manch aufregendes und gefährliches Abenteuer.

Vorab lasst mich aber noch eines betonen: Auch bei den folgenden Geschichten habe ich kein Quäntchen hinzugefügt oder weggelassen. Ihr könnt euch auch weiter darauf verlassen, dass der Baron von Münchhausen die ehrlichste Haut von der ganzen Welt ist!

Jetzt aber zu einem der vortrefflichsten Pferde, welches mir je begegnet ist: Es handelt sich um einen Litauer, der mir auf dem prächtigen Landsitz des Grafen Przobofky unter die Hände … besser gesagt: unter meinen Allerwertesten kam.

Ich weilte gerade in einem Staatszimmer und unterhielt mich bei Tee und Gebäck mit den Damen – da gellte ein Schrei an unser Ohr, der Schlimmstes befürchten ließ. Umgehend eilte ich nach draußen, wo die Herren damit beschäftigt waren, ein junges Pferd zu begutachten, das gerade erst beim Grafen eingetroffen war. Doch wie kläglich war das, was diese hohen Herren da boten! Keiner wagte es, sich dem jungen, unbändigen Tier zu nähern oder es gar zu besteigen. Stattdessen drückten ihre Mienen pure Angst aus … das Peinlichste also, was einem passieren kann, sofern das verehrte weibliche Geschlecht in der Nähe ist und einen kritisch beäugt.

Ich will es kurz machen: Mit einem einzigen Sprung saß ich auf dem edlen Pferd und mit einem kräftigen Schenkeldruck und einer geschickten Zügelführung hatte ich den ungestümen Vierbeiner unter Kontrolle!

Um meinen verängstigten Genossen zu zeigen, wie man mit einem Pferd umgeht und den Hofdamen imponiert, gab ich dem edlen Ross die Sporen. Es setzte zum Sprung an … und gleich darauf flogen wir durch ein offenes Fenster direkt in einen herrlichen Salon!

Ein schriller Aufschrei aus vielen süßen weiblichen Kehlen und dann viele Ahs und Ohs und Uis aus den kirschroten Mündern der Damen:

Ich ritt in vorbildlicher Haltung im Schritt, im Trab, im Galopp und zeigte meine hohe Reitkunst. Und um das Ganze noch mit einem Sahnehäubchen zu verzieren, setzten wir zwei noch einmal zu einem galanten Sprung an und boten feierliche Schrittfolgen mitten auf dem Teetisch … ja, man hat mich richtig verstanden: auf dem fein gedeckten Tisch führten wir feierlich die Hohe Schule der Dressur vor. Dabei zeigte mein Ross ein solches Geschick, dass weder eine einzige Tasse noch ein einziges Glas umgestoßen wurde!

Das Schönste aber – diese meine Galavorstellung hatte unmittelbare Folgen: Der Herr

Graf war so entzückt von meinen Reitkünsten, dass er mich bat, das junge Pferd als Geschenk zu nehmen und auf ihm am Feldzug gegen die Türken teilzunehmen …

## Die ungeheuerlichen Kriegsabenteuer des Barons

Muss ich noch nach großen Worten suchen, liebe Freunde? Könnt ihr euch vorstellen, wie ich mit den Türken umgesprungen bin? Nicht dass ihr mich falsch versteht: Ich habe nichts gegen die Türken, ich habe nichts gegen niemanden und ich finde es unrühmlich, wie die Großen auf ihrem Thron das Gemetzel anzetteln und sich selber heraushalten. Doch einmal im Kampf, lässt ein Baron von Münchhausen nichts anbrennen.

Wie ihr wisst, ist es ja vor allem die Taktik, die ein Gefecht entscheidet. Und nachdem ich sah, wie die Türken bei ihrem Angriff einen riesigen Staubwirbel verursachten, um unsere Truppen zu verwirren, ließ ich meine Leute zwei noch größere Wirbel erzeugen, preschte aber selber mit meinem Litauer in die vorderste Reihe, um für Ordnung zu sorgen.

Das Ende ist schnell erzählt: Die Türken ergriffen nach schweren Verlusten die Flucht und ich verfolgte sie zur Sicherheit noch bis zur Grenze, einer Art Zaun, hinter dem meine Leute längst den Sieg feierten. Da machte ich erhobenen Hauptes eine abrupte Kehrtwendung und ritt mein treues Pferd zu einem Brunnen, wo ich es nach Herzenslust saufen ließ. Nach geraumer Zeit begann ich zu mich zu wundern: mein Pferd soff und soff und soff und ich stünde noch heute an dem Brunnen, wenn ich mich nicht schließlich umgewendet hätte.

Stellt euch vor, liebe Freunde: Dem Hengst fehlte die komplette hintere Hälfte und das getrunkene Wasser lief ihm schlicht und einfach aus dem hinteren Vorderteil heraus. Verstanden, meine Lieben?!

Doch keine Sorge: Dem Gaul ging es bald darauf wieder besser! Mein guter Reitknecht suchte nämlich das ganze Schlachtfeld ab und fand schließlich die hintere Hälfte meines Tieres genau an der Stelle des Grenzzauns, an der ich so abrupt umgekehrt war. Ohne dass ich es bemerkte, hatte ich dabei das arme Tier schlichtweg halbiert!

Sogleich fügten wir nun die beiden Hälften mit frisch gesprossenen und heilenden Lorbeerblättern zusammen, sprachen dazu einige herzliche, lindernde Worte und alsbald fühlte sich der Litauer wieder so wohl wie zuvor!

Und das Tollste hätte ich beinahe vergessen: Ich hatte jetzt auch noch einen idealen Sonnenschutz, da die Lorbeersprossen Wurzeln schlugen und auf dem Pferderücken zu einem schönen schützenden Gebüsch wuchsen!

ꟷ ꟷ

Man glaube aber nun bitte nicht, ich hätte hierauf meine Heimreise antreten dürfen. Ganz im Gegenteil: Ich hatte seit den Husarenritten auf meinem Litauer sozusagen den Ruf eines Unbesiegbaren. Und wer ein wildes Tier zureiten kann, dem mögen auch noch andere Ritte möglich sein – und seien es die verrücktesten und waghalsigsten – zum Beispiel auf einer Kanonenkugel!

So jedenfalls dachte der Feldmarschall unserer Truppe. Er hatte nämlich arge Probleme, unseren Gegner auszuspionieren. Denn keinem unserer Vorposten war es bisher gelungen, in das gut bewachte Festungswerk des Feindes einzudringen, um dessen wahre Stärke zu erkunden. Also sollte ich diese fast unlösbare Aufgabe übernehmen – mit überraschender Rückkehr, wie man sie auf einem anderen meiner berühmten Gemälde bestaunen kann:

Zunächst jedoch zu meinem Abflug, liebe Freunde: Hat je einer mit dem Gedanken gespielt, auf einer Kanonenkugel zu reiten? Ich bin ganz ehrlich: Ich war nie auf eine solche abwegige Idee gekommen! Was aber tut man nicht alles für sein Land …

Und so geschah es: Kaum hatte unser Kanonier Zunder gegeben, kaum hatte die schwere Kugel sein Geschütz verlassen – da sprang ich in allerbester Reitermanier darauf und ließ mir den Flugwind lässig um die Ohren wehen …

Allerdings stellte ich bald fest, dass mir noch anderes um die Ohren flog: Unser Feind hatte offensichtlich mitbekommen, welch gefährliches Subjekt plötzlich im Anflug war, und schoss mit einem Mal aus allen Rohren.

„Wie soll ich nach meiner Landung je aus der feindlichen Festung wieder herauskommen?“, überlegte ich in fliegender Panik …

Nun ratet, meine gespannten Freunde, was mein rettender Gedanke war!

Ich konzentrierte mich und sprang einfach von der rasenden Kugel ab.

Wohin sprang ich?

Noch einmal dürft ihr raten!

Ich hüpfte mit all meinem Geschick auf eine andere Kugel – eine, die der Feind gerade abgefeuert hatte: Und, hui … hui … hui, ging's im Rückwärtsflug wieder zurück zu den eigenen Leuten, die ihren Baron Hieronymus von Münchhausen nach seiner glücklichen Landung herzlich willkommen hießen!

Da ich gerade vom Fliegen und Reiten berichte, sollte ich auch einen anderen Flug nicht unerwähnt lassen: Dieses Mal war ich nicht hinter einem Feind her, sondern mal wieder hinter einem Hasen. Als mir bei jener Jagd eine Kutsche mit zwei Damen in die Quere kam, wählte ich mit meinem Pferd den kürzesten und schnellsten Weg – durch diese Kutsche! Dabei wünschte ich im Vorbeiflug den beiden verschreckten Grazien einen guten Tag und – ihr werdet es hoffentlich glauben – hatte ihn bald erwischt, den verflixt schnellen Hasen!

Ein anderes Mal hingegen gab es Probleme für euren lieben Freund: Er saß auf seinem Pferd, um wieder seiner Lieblingsbeschäftigung, der Jagd, nachzugehen. Da kam ihm ein dreckiger Morast dazwischen.

„Was tun?“, fragte sich Münchhausen.

„Überspringen!“, sagte sich Münchhausen.

Dann machte euer Freund einen mächtigen, mutigen Satz: er hob ab … er flog und flog … und was musste er mitten in der Luft feststellen: Der Schwung reicht nicht aus, um diesen Schlamm zu überfliegen!

Was macht ein Baron, wenn er in so einen Schlamassel gerät?

Er macht in der Luft kehrt! Er reißt am Zügel, gibt dem Pferd die Sporen und tritt den Rückflug an!

Und wer ist nun, frage ich euch, trotzdem buchstäblich im Dreck gelandet?

Es ist Münchhausen … Baron Hieronymus von Münchhausen höchstpersönlich!

Und ich sollte an dieser Stelle weiter ausholen und erklären, wie das so ist, wenn man bekannt, ja sogar berühmt ist. Ich bin nicht stolz darauf. Ich bilde mir auch nichts darauf ein. Ich nehme es so, wie es ist, und mache das Beste und manchmal sogar das Allerbeste daraus.

Wie ich schon öfter bemerkte, meine lieben Freunde: Ich bin von Grund auf bescheiden, fühle mich mit jeder Haarspitze der Wahrheit verpflichtet. Deshalb zurück zu der Situation, wo auf freier Flur ein Pferd tief im Morast steckt.

„Wer ist der Reiter dieses armen Tieres?", wird ein jeder wissen wollen.

Tja … es ist der Baron von Münchhausen höchstpersönlich!

„Und wo steckt er gerade?", wird natürlich die nächste Frage sein.

Er steckt im Morast, lautet die Antwort. Er steckt samt seinem Pferd so tief im Morast, dass ihm wohl keiner mehr helfen kann, weil einfach kein Helfer in der Nähe ist.

„Wie konnte das passieren?", werdet ihr nun zu Recht fragen.

Sehr einfach, liebste Freunde! Auch ein Hieronymus von Münchhausen macht mal einen Fehler: Ich hatte einfach die Sprungkraft meines edlen Pferdes überschätzt, war ein zweites

Mal gesprungen und … saß nun prompt in der Patsche … oder besser gesagt: im Morast.

„Dies ist dein Ende, du Armer!“, sagte ich mir in der Düsternis, die mich umgab. Und ich nahm im Stillen Abschied von mir und von der ganzen Welt … Doch da, mit einem Mal, fielt ihr mir ein, liebste Freunde!

„So kann man nicht von seinen Liebsten Abschied nehmen!“, mahnte ich mich im sumpfigen Dunkel. Zieh dich gefälligst am … am … am eigenen Schopf aus dem Sumpf!

So tat ich, so rettete ich mich und mein Pferd, welches ich fest zwischen meinen Knien hielt.

## Bei den Türken und anderswo

Ja, meine Freunde ... nun werdet ihr euch wundern: Obwohl euer bester Freund Münchhausen so tapfer und klug und welterfahren ist, obgleich seine und seines Pferdes Gewandtheit und Stärke nahezu unübertroffen sind, geschah das Unglück: Ich wurde von einer ganzen Horde Türken übermannt und zu ihrem Kriegsgefangenen gemacht! Ja, es kam noch schlimmer: Ich wurde sogar als Sklave verkauft!

Und was Münchhausen nun an Demütigung erfuhr, das würde ich am liebsten unerzählt lassen. Man stelle sich vor: Der berühmte Mann, der hier vor euch sitzt, wurde dazu bestimmt, allmorgens die Bienen des Sultans auf die Blumenwiese zu treiben! Damit nicht genug – ich musste sie auch den ganzen Tag über hüten und am Abend wieder zurück in ihre Stöcke bringen!

Und dann passierte das, was mir einen völlig neuen Blick auf das irdische Geschehen gab:

Eines schönen Abends fehlte eine Biene. Ich war verzweifelt. Ich bangte schon um mein Leben und natürlich auch um ihres. Da entdeckte ich das Tierchen ganz nahe bei einem Bären. Der hatte die Biene angefallen, spielte mit ihr Katz und Maus, besser gesagt Bär und Biene, und er hatte ganz eindeutig die Absicht, dem kleinen Wesen den Honig abzujagen.

Was tun?

Münchhausen fackelte nicht lange, griff zu der silbernen Axt, die jeder Landarbeiter des Sultans an seinem Gürtel trägt, und schleuderte sie in Richtung Bär. Meine Absicht war, das Raubtier zu verjagen oder ihm im schlimmsten Fall den Garaus zu machen! Immerhin gelang es, den Bär so abzulenken, dass die Biene sich retten konnte! Doch dank des ungeheuren Schwungs, den ich der Axt gegeben hatte, flog sie und flog und flog immer noch …

Ich starrte ihr gebannt nach. Ich sah sie in die Höhe steigen und steigen und steigen und steigen … und nun dürft ihr raten, wo sie schließlich gelandet war!

„Dein Freund Antonius vermutet: Die Axt fiel einem türkischen Wächter genau vor die Nase, was nichts anderes bedeutete als: Nimm dich in Acht, Türke, Münchhausen lässt sich nicht ungestraft als Sklave halten!"

Das wäre kein schlechter Wurf gewesen, liebe Freunde. Nein, die Axt flog weiter!

„Dein guter Freund Engelbert befürchtet: Die Axt flog, von deiner Muskelkraft beflügelt, bis auf das Dach des Sultanspalastes, worauf das Gericht einberufen wurde, um sich eine fürchterliche Strafe für dich auszudenken."

Wahrlich – das hätte üble Folgen für euren Freund Münchhausen haben können. Nein, nein, die Axt flog weiter!

„Euer Herzensfreund Siegbold ahnt schon, was geschehen ist. Die Axt flog und flog, bekam unterwegs Sehnsucht nach ihrem Besitzer, drehte in der Luft um, wie weiland Münchhausen auf der Kugel, und kehrte verrichteter Dinge in die Hand des Werfers zurück."

Ich sehe schon, ihr traut nicht nur eurem Freund, sondern auch seiner Axt einiges zu. Aber nein – die Axt flog noch weiter. Sie flog so weit, wie nie zuvor ein Gegenstand aus Menschenhand geflogen war. Sie flog – und das kann ich beschwören – bis zum Mond!

Nun müsst ihr aber wahrlich keine Sorgen haben um das silberne Ding. Ein Münchhausen weiß sich schon zu helfen, wenn ihm etwas abhandenkommt. Da gab es nämlich die türkischen Bohnen, die bekanntermaßen erstaunlich geschwind wachsen! Also pflanzte ich flugs eine solche und konnte zusehen, wie sie wuchs und wuchs und wuchs … tatsächlich bis hinauf in den Himmel. Und dann immer weiter und weiter und weiter … bis hinauf zum Mond wuchs sie! Dort rankte sie sich um irgendetwas, das ich vom türkischen Erdboden aus nicht genau zu erkennen vermochte.

Was nun? Was tun?

Es gab nur noch eins: Ich musste klettern und klettern und klettern …

Dies tat ich auch, bis mir Arme und Hände fast erlahmten. Doch hier plötzlich fielt ihr mir ein, liebe Freunde! Ich durfte dort oben nicht verenden … wie schrecklich wäre für euch der finale Verlust eures adeligen Freundes gewesen! Dies gab mir neue Kraft und neuen Mut und ich kletterte behände an den Bohnenranken hoch, hoch, hoch … bis ich dieses wundersame Kugelding von Mond erreicht hatte.

Es war wahrlich unsagbar aufregend, als erster Erdenmensch dort oben zu stehen! Leider hatte ich ja kaum Luft und wenig Zeit.

Also konnte ich nicht einmal erkunden, ob es tatsächlich da oben den sagenumwobenen „Mann im Mond“ gab. Oder – und dabei bekam ich Herzklopfen – ob es gar eine Frau war …

Ich machte also nur einen kurzen Spaziergang, eher einige Spazierhupfer – denn nur so kann man sich dort oben fortbewegen. Dann fand ich das gesuchte Ding, schnappte mir die Axt und wollte sofort den Rückweg antreten.

Welches Entsetzen aber packte mich, als ich zu der Bohnenpflanze zurückkam und sie genauer betrachtete: Sie war inzwischen vertrocknet! An einen Abstieg war nicht mehr zu denken und das war – ihr mögt es nachvollziehen – hart, hart, sehr hart …

Nun, Freunde, galt es, nach einem Ausweg zu suchen! Und da mir in Notsituationen immer die besten Ideen kommen, war ich schon gespannt, was mir dieses Mal einfallen würde.

Ich muss sagen, ich war ziemlich enttäuscht, wie simpel die Idee war: Ich tat nichts anderes, als die vertrocknete Bohnenpflanze zu einem Strick zu knüpfen und diesen um einen der zahlreichen Mondkrater zu winden. Und dann ging es zügig abwärts, bis … ja, bis der Notstrick plötzlich zu Ende war! Sollte das auch mein endgültiges Ende sein?

Nein! Denn nun kam mir die Idee des Jahrhunderts: Ich nahm die Axt, hieb einfach das überflüssig gewordene Stück über mir ab, knüpfte es an das Ende, das ich in Händen hielt, kletterte daran nach unten gen Erde, soweit der Strick reichte. Und dies wiederholte ich so oft, bis ich einen letzten mutigen Satz auf türkischen Boden tat!

Dort blieb ich nicht lang, wie jeder unschwer erkennen kann, wenn er meine Erinnerungsbilder betrachtet. Der Krieg war zu Ende gegangen und viele der Türken hatte ich längst lieb gewonnen. Aber ich hatte Heimweh und glücklicherweise hatte man mich mit anderen Kriegsgefangenen nach St. Petersburg verfrachtet. Dort beschloss ich, umgehend gen Heimat zu reisen …

Leider hatte ich meinen edlen Litauer bei den Türken zurücklassen müssen und so war ich auf Hilfe angewiesen. Außerdem drängte die Zeit, denn es herrschte – unter uns gesagt – eine Saukälte! Selbst die Sonne, man mag es kaum glauben, hatte schon Frostbeulen!

Es musste also eiligst eine Postkutsche her. Doch selbst da drinnen, gut verpackt, hingen mir die Eiszapfen aus der Nase. An einen Aufenthalt in einem der Häuser, die wir passierten, war nicht zu denken: Alle Türen und Fenster waren zugefroren! Folglich trieb ich den Kutscher zur Eile an, denn ich wollte heim zu meinen Freunden, um mich und sie durch meine Geschichten zu erwärmen …

Da, mit einem Mal, drohte Gefahr!

Wir näherten uns einem Hohlweg. Und nichts war gefährlicher für eine Kutsche, als in einem so schmalen, eisglatten Weg einem ebensolchen Gefährt zu begegnen. Und genau dies war jetzt der Fall …

„Blase Alarm!“, rief ich meinem Briefkutscher zu und wartete auf den Ton.

Vergeblich! So sehr der gute Mann auch in sein Horn pustete – jeder Ton erfror auf dem Weg nach draußen.

„Hört mit dem Blasen auf! Abspringen!!“, rief ich dem Postillion zu. „Das ist die einzige und letzte Rettung!“

Meine Warnung war keine Sekunde zu früh erfolgt: Da kam uns tatsächlich mit eiskalter

Entschlossenheit eine fremde Kutsche entgegen – bereit, uns rücksichtslos niederzuwalzen!

Und was tut euer Freund, der allzeit mutige Baron Hieronymus von Münchhausen?

Er springt nicht einfach ab. Nein, reißt gleichzeitig die Pferde los, packt sich mit kräftigem Schwung die Kutsche auf den Rücken und springt mit ihr aus dem Hohlweg! Er stellt sie ab, rutscht flugs wieder in den Hohlweg hinunter, packt auch die zwei verwirrten Pferde und rettet sie gerade noch rechtzeitig vor der vorbeirauschenden Kutsche …

Und das war's eigentlich. Wir konnten wieder anspannen und unsere Fahrt entspannt und fast erfroren fortsetzen.

Dennoch war dies nicht das letzte wundersame Ereignis an diesem Tag. Wie ihr euch denken könnt, hatte meine Begleiter die Fahrt ziemlich erschöpft. Und wir waren froh, endlich eine Herberge ohne vereiste Tür zu finden. Uns wurde sogleich ein wärmender Trunk gereicht. Was aber geschah, als wir die Becher hoben und auf unsere Rettung anstießen? Aus dem gerade auftauenden Horn kamen jetzt die Töne, die der Postkutscher vor Stunden hineingeblasen hatte!

# Mein erstes Seeabenteuer

Hallo, liebe Freunde! Seht, was ich euch mitgebracht habe: Auf diesem alten Gemälde erkennt ihr mich in meiner ganzen jugendlichen Unschuld. Links neben mir posiert mein berühmter Vater und zu meiner Rechten mein nicht minder berühmter Onkel.

Warum ich euch diesen alten Schinken zeige?

Er soll beweisen, in welch jungen Jahren ich schon unter den Einfluss von erfahrenen Weltreisenden geriet. Denn auch meinen alten Herrn und seinen Bruder hielt es nie in ihrer Heimat und bei ihren lieben Gemahlinnen – nein, sie reizte das Unbekannte, das Unerforschte und das noch Unbezwungene!

Und eines sei unter Eid geschworen: Ihre Reiseberichte sind nicht weniger spannend und nicht minder glaubwürdig als die meinen. Wen wundert es also, dass jedes Mal, wenn eine Reise geplant wurde, ich darum bettelte, mitgenommen zu werden. Da allerdings hättet ihr meine Mutter erleben sollen! Mit allen Kunstgriffen verhinderte sie, dass ich auch nur ein Wort mit den Reiselustigen wechseln konnte. Ich wurde von ihr gehätschelt, ich bekam dreimal am Tag meinen geliebten Wackelpudding und mindestens siebenmal in der Woche Spagetti mit Tomatensoße, die eigens für mich aus Italien geholt wurden.

Dann aber griff mein Onkel durch. Er war es leid, mich ausschließlich in weiblichen Fängen aufwachsen zu sehen – zudem war er ungemein redegewandt und fähig, meine Mutter locker vorwärts und rückwärts um den Finger zu wickeln. Das tat er dann auch – mit dem Ergebnis: Euer damals schon so ungeduldiger und unternehmungslustiger Freund durfte zu einer Reise nach Ceylon aufbrechen!

„Oh, lieber Hieronymus, hast du denn nicht gezittert vor Furcht damals? Ich, dein Freund Engelbert, habe damals noch im Sandkasten gespielt."

„Und ich, dein Freund Antonius, habe in diesem Alter noch mit Regenwürmern und Spinnen experimentiert, die ich in unserem eigenen, geschützten Garten fand."

„Und dein Freund Siegbold hat in diesem zarten Alter noch Räuber und Gendarm gespielt und gar nicht gewusst, wo Ceylon liegt und wie es da ausschaut.“

Ach, liebe Freunde, es rührt mich, von eurer kindlichen Unschuld zu hören!

Für mich jedenfalls begann damals der Ernst des Lebens: Zunächst ging es ab nach Holland, wo mein Onkel und ich in seiner Begleitung wichtige Aufträge der Regierung entgegennahmen. Dann ging's aufs Schiff und los und hinaus auf die See. Und als wir schon etliche Tage unterwegs waren, ging's eigentlich erst richtig los.

Wir waren gerade auf einer kleinen Insel vor Anker gegangen, um Holz und frisches Wasser an Bord zu nehmen, da begann ein Wind zu blasen, der seinesgleichen suchen muss. Ich bin, wie ihr wisst, ja kein Meister der Übertreibung. Aber dieses Unwetter wäre beleidigt gewesen, wenn man es mit Orkan bezeichnet hätte. Uns flogen nicht nur die Segelfetzen um die Ohren – nein, es kamen Sträucher und ganze Bäume geflogen, die es samt den Wurzeln aus der Erde gerissen hatte.

Nun glaubt aber bitte nicht, es hätte sich um kleine Bäumchen gehandelt. Weit gefehlt: Das waren wahre Baummonster, die es wie Vogelfedern in die Lüfte hob. Und einer dieser Bäume verdient es, näher beschrieben zu werden, weil er mein ganzes Weltbild veränderte:

Auf diesem Ungetüm von Baum saßen nämlich ein Mann und eine Frau und pflückten Gurken.

„Gurken?", möchte mein allzeit kritischer Freund Antonius jetzt sicherlich fragen.

Ja, Antonius, auf dieser Insel wuchsen die Gurken an Bäumen und wurden offenbar besonders gerne bei Sturm geerntet! Und unter uns Männern sei auch noch hinzugefügt: Die Ehefrau pflückte und hielt den Korb und der Mann hielt währenddessen zur Sicherheit den Ast fest.

Die flogen da sturmgebeutelt eine Weile so herum, dann jedoch kam die Sensation: Kaum ließ der Sturm nach, fiel der Baum zu Boden – besser gesagt: genau auf den Kopf des grausamen Inselkönigs!

Und dies hatte natürlich Folgen: Zum Dank, dass das Paar die arme Inselbevölkerung von dem schrecklichen Herrscher erlöst hatte, wurde es selbst auf den Thron gesetzt.

Mein Onkel und ich waren natürlich zu den Krönungsfeierlichkeiten eingeladen und ich muss sagen: In unseren Runden sind derlei Feste eine höchst müde und ideenlose Angelegenheit. Wenn ich euch irgendwann mal erzähle, mit welch gurkenreichen Ideen diese Insulaner den Thron gestalteten, welche Vielzahl von gurkigen Festspeisen dort serviert wurde … ich bekomme da noch heute einen Gurkengeschmack auf der Zunge!

Kurzum: Wir wurden mit Gurken verwöhnt wie die Fürsten und verbrachten noch einige Tage auf der Insel. Dann nahmen wir Abschied vom Gurkenkönig und seiner Gemahlin und ließen uns von einer steifen Brise direkt nach Ceylon wehen, wo wir nach genau sechs Wochen Anker warfen und gefährlichen Boden betraten …

Meine Freunde, seid ihr je einem Löwen begegnet, der nicht ausgestopft, sondern bis in die Schweifspitze lebendig ist?

Euer bester Freund Hieronymus von Münchhausen ist es, und das kam so: Der älteste Sohn des Inselgouverneurs machte mir den Vorschlag, mit ihm auf die Jagd zu gehen. Da ich an nichts anderes als kleine Häschen, an Füchslein oder ein süßes Reh dachte, willigte ich ein. Nun muss ich dazu sagen, dass das Klima in Ceylon unbeschreiblich anstrengend ist und mein Begleiter ein großer, starker Bursche war, dem dieses Wetter nichts anhaben konnte.

Mir aber machte es, das gebe ich hier unumwunden zu, mächtig zu schaffen. Und so war es auch nicht verwunderlich, als ich auf halber Strecke schlapp machte. Ich bat meinen Begleiter um eine kleine Pause. Und während er die Umgebung durchforschte, ließ ich mich an einem breiten Fluss nieder, um etwas Kraft zu schöpfen.

Kaum aber saß ich und streckte die Beine, da hörte ich hinter mir ein Geräusch. Arglos blickte ich mich um, spähte einmal, zweimal und auch noch ein drittes Mal … und erstarrte: Ein Riese von einem Löwen erdreistete sich, direkt auf mich zuzukommen!

Noch unerfahren in der Jagd, aber schon mit einem Blick für das Wesentliche ausgestattet, sah ich: Dieser Kerl hatte Hunger!

„Fliehe, Hieronymus, fliehe!“, rief ich mir zu und rannte, rannte und rannte … einem Koloss von Krokodil entgegen!

Dieses Untier hatte schon seinen fürchterlichen Rachen aufgesperrt, um mich als eine besondere Köstlichkeit zu verschlingen.

Liebe Freunde! Könnt ihr euch in meine ausweglose Lage versetzen? Hinter mir eine fleischhungrige Bestie! Vor mir ein zähnefletschendes Untier, ebenfalls mit leerem Magen!

Von meinem Begleiter war selbstverständlich nichts zu hören oder zu sehen. Der konnte nur heilfroh sein, mein unausweichliches Schicksal nicht teilen zu müssen!

Nun, meine Freunde, liebe Zuhörer, werdet ihr euch natürlich fragen, wie das möglich ist! Vor euch sitzt Münchhausen, obwohl er damals in Ceylon von einem Löwen und einem Krokodil gefressen wurde …

Ich lasse euch nicht länger zittern. Ich erzähle euch ganz wahrheitsgemäß, wie dieses Abenteuer ausging. Ihr erinnert euch: Ich spürte schon den feuchten Atem des Krokodils im Gesicht, während ich den heißen Schnaufer des Löwen im Nacken hatte! Damit nicht genug: Der Strom neben mir war reißend und barg gewiss noch mehr solcher Ungeheuer und auf der anderen Seite tat sich ein Abgrund auf, in dem giftige Schlangen ihrer Opfer harrten …

Und nun hört: Ich tat das, was ich tun musste. Ich ließ mich schlagartig fallen. Ich schloss die Augen. Ich wartete auf den Biss …

Da, ein Luftzug, ein schreckliches Knarzen, ein Stöhnen, ein Ächzen, ein Malmen …

Ich öffnete mein linkes Auge und traute ihm nicht: Der Löwe steckte im Rachen des Krokodils. Ich öffnete auch mein rechtes: Der Urenkel eines Dinosauriers würgte, der Löwe zappelte – die beiden kamen nicht voneinander los. Ich musste nur noch mit meinem Hirschfänger kurzen Prozess machen und das ceylonesische Raubtiermuseum informieren: Dort bewahrt man sie auf, die Trophäen meiner ersten Großwildjagd!

## Das Unglück mit dem Walfisch

Liebe Freunde, ich merke, ihr habt Lust auf noch mehr spannende Geschichten. Und ich verspreche euch: Mein zweites Seeabenteuer war so ungeheuerlich, dass es mir noch heute Schauder verursacht!

Dabei begann die Reise so harmlos. Wir schipperten wochenlang quer über den Atlantik, genauer gesagt: von Portsmouth in England gen kanadische Küste. Mich hatte schon längst die Langeweile gepackt – da geschah es: Unser Schiff stieß aus heiterem Himmel mit einem brutalen Ruck gegen einen Widerstand! Schreie gellten über Deck. Panik brach aus. Masten waren von oben bis unten zersplittert. Das Bugspriet war zerbrochen. Das Steuerruder war abgebrochen. Und das Verrückteste: Einen Matrosen hatte es in hohem Bogen aus dem Mastkorb in Richtung Meer gehoben, so dass keine Rettung mehr möglich schien. Doch dieser Teufelskerl erwischte im Sturz den Schwanz einer vorbeifliegenden

Rotgans, wurde von ihr mindestens fünf Meilen durch die Luft getragen, bis sie gemeinsam in die Wogen stürzten. Statt dem Leben nun Ade zu sagen, wie es jeder von uns in seiner Situation getan hätte, klammerte sich dieser Wahnsinnsknabe an seine Gans, bis diese einige Tage später zufällig wieder an unserem Schiff vorbeischwamm und den inzwischen fast verhungerten Matrosen bei uns ablieferte.

Nun hätte ich beinahe in der Aufregung das Schicksal meiner Wenigkeit vergessen: Durch den ungeheuren Schlag, den das Schiff von unten bekam, hatte es jene Männer der Besatzung, die sich unter Deck befanden, mit voller Wucht gegen die Decke geschleudert.

Dabei wurde mir der Kopf schlichtweg und ohne Vorwarnung nach innen gepufft – ich glaube, fast bis zum Magen! Ihr könnt euch vorstellen: Es dauerte Monate, bis er wieder seine alte Position eingenommen hatte …

Doch zurück zu den anderen Schrecken: Was war es, das uns und unser Schiff in eine so missliche Lage gebracht hatte? Das Loten brachte keine Antwort. Das Senkblei sank mindestens fünfhundert Meter und fand keinen Grund. Stattdessen war ich es, der mit scharfem Auge die Ursache entdeckte. Eine mindestens tausend Meter hohe Fontäne umkreiste unser Schiff – das untrügliche Erkennungsmerkmal eines Wals!

Und dieses Ungeheuer – ich glaube, es war ungelogen etwa eine halbe Meile lang – trieb auch noch weiter seinen Schabernack mit uns. Nachdem es ein längeres Nickerchen gemacht hatte, ohne uns dabei aus seinem linken Auge zu verlieren, näherte es sich erneut unserem Schiff. Auch das Gekreisch der aufgeschreckten Mannschaft half nichts: Dieses Ungetüm schnappte sich den hochgewundenen Anker, zog die Trossen lang und machte sich davon. Wohlgemerkt: mit unserem Anker zwischen den Zähnen und mit uns allen im Schlepptau!

Das Tempo, mit dem wir auf dieser höchst unfreiwilligen Reise den Atlantischen Ozean von nun an durchkreuzten, mochte, eher untertrieben, mindestens sechzig Meilen pro Stunde betragen – damit hätten wir, ehrlich gesagt, jeden Großsegler hinter uns lassen können!

Doch jedes Unglück hat einmal ein Ende. Und so auch die Reißfestigkeit unserer Ankertrossen. Jedenfalls hatte die rasende Fahrt ganz plötzlich aufgehört und der Wal war mit unserem Anker verschwunden.

Nun hieß es zunächst einmal, die schlimmsten Schäden zu beseitigen und langsam Kurs nach Europa zu nehmen. Um überhaupt segelfähig zu werden, hieß uns der Kapitän auch noch das letzte Hemd hergeben. Meines, das sei ganz unbescheiden erzählt, flatterte als Toppsegel im Wind und ich mochte keinen unwesentlichen Beitrag dazu geleistet haben, dass wir auf diese Weise nach Portsmouth zurückfanden.

Überhaupt schien die Rückreise unter einem glücklichen Stern zu stehen: Denn es waren wohl schon acht Monate vergangen, da begegnete uns unser Anker! Ja, liebe Freunde, ich erzähle wie immer die lautere Wahrheit: Es trieb nämlich plötzlich dieser Riesenkerl von Wal vor unserer Nase, besser gesagt: vor der unseres Schiffes. Allerdings jetzt tot … ganz tot … und somit gänzlich ungefährlich!

Auf diese Weise konnten wir uns schadlos halten: Wir schnitten dem Ungetüm den Kopf ab, fanden unseren Anker wieder und – man mag es kaum glauben – auch noch vierzig Meter Tau, das sich in einem hohlen Zahn verfangen hatte.

Ansonsten verlief diese Reise, das muss ich offen gestehen, ohne besondere Ereignisse. Doch halt: Ein Missgeschick hätte ich beinahe vergessen! Als nämlich das erste Mal der Wal unserem Schiff diesen brutalen Schlag versetzt hatte, da bekam es ein Leck und das Wasser drang so heftig herein, dass uns alle Pumpen keine halbe Stunde vor dem Sinken hätten bewahren können …

Da kam mir eine tolle Idee und leider gibt es kein Bild von dieser, meiner anstrengenden Heldentat: Ich stopfte das Leck mit meinem Allerwertesten!

## Ein Wunder kommt vom Himmel

Liebe Zuhörer, liebe Leser! Ich muss euch unbedingt noch eine Geschichte erzählen, die mir in der Türkei widerfuhr, nachdem ich längst nicht mehr Sklave war, sondern ein gern gesehener Gast beim hoch geschätzten Sultan.

Damals frönte ich einer Leidenschaft, die auch euch Freude bereiten würde: Ich ließ mich in einer Lustbarke auf dem Mare di Marmara herumkutschieren. Von hier aus hatte ich einen herrlichen Blick auf Konstantinopel und auf den Palast des Großsultans. Zudem umwehte meine Nase eine frische Brise und niemand störte mich dabei, schöne Geschichten aus dem Morgenland zu erfinden.

Eines Tages thronte ich mal wieder, noch im Morgennebel, auf meiner Barke. Ich genoss die herrliche Aussicht auf die Stadt … da fesselte meinen Blick ein Tier, das fern aus den Schwaden auftauchte – ein Wesen, wie ich es in Form und Farbe noch nie zuvor gesehen hatte. Es schien auch keine Angst vor mir zu haben, denn es näherte sich zügig meiner Barke. Wie immer bei solchen Unternehmungen hatte ich auch an diesem Morgen meine Vogelflinte dabei. Und was lag näher, als dieses seltsame Flugobjekt vom Himmel zu holen: Flugs also lud ich meine Flinte, legte an, schoss und traf … nicht!

Auch der zweite Versuch ging daneben und ich kann nicht verhehlen: Dieses fliegende Ding brachte mein ganzes Weltbild durcheinander!

Wie ihr wisst, war ich schon gehörig auf der Erde herumgekommen, hatte die Begegnung der einen und der anderen Art gehabt – nur solch ein fliegendes Etwas war mir noch nie begegnet. Das Wundertier musste umgehend runter vom Himmel – und wenn meine ganze Munition dabei draufgehen würde!

Peng! Paff! Peng! Paff!

Ihr könnt es ruhig glauben: Ich hatte getroffen und das Wunder kam herunter … Es kam nicht nur herunter … es landete mir genau vor der Nase: ein Kugelmonster, ein Riesenballon mit einer Art verziertem Korb daran, in dem wiederum ein verziertes menschliches, offensichtlich männliches Wesen saß – behängt mit allerlei Goldgeschmeide!

Reicht eure Vorstellungskraft, meine lieben Freunde, euch diese wundersame Erscheinung auszumalen?

Nach dem ersten Schreck begann der Mann, mich auf Französisch anzureden. Damit ihr nicht extra ein Wörterbuch holen müsst, liebe Freunde, übersetze ich euch Wort für Wort, was der Gute berichtete:

„Ich hatte zwar nicht den Verstand noch das Wissen, dieses Luftfuhrwerk zu erfinden, dennoch aber den Mut, es zu besteigen. Vor ungefähr sieben oder acht Tagen erhob ich mich damit vor den Augen vieler tausend Gaffer auf der Landspitze von Cornwall in England. Unglücklicherweise drehte sich der Wind binnen zehn Minuten nach meinem Hinaufsteigen. Und anstatt mich nach Exeter zu treiben, wo ich wieder zu landen gedachte, wurde ich hinaus auf die See geweht, über welcher ich nun die ganze Zeit in großer Höhe geschwebt bin, bis Sie meinem Flug ein Ende bereiteten."

Hier hielt der Mann inne und begann seine Umgebung genauer in Augenschein zu nehmen. Als ich ihm sagte, dass die Gebäude vor uns zum Palast des Großherrn von Konstantinopel gehörten, schien der Fremde außerordentlich bestürzt.

„Das kann doch nicht wahr sein! Das kann doch nicht wahr sein!“, murmelte er in einem fort.

Dabei betrachtete er mich und meine Bootsbesatzung wie Wesen von einem anderen Stern. Endlich setzte er seine Erzählung fort:

„Die Ursache meines langen Fluges war, dass mir ein Faden zerriss, der an einer Klappe in dem Luftballon saß und dazu diente, die Luft herauszulassen. Wäre nun nicht auf mein Gefährt gefeuert worden und dasselbe dadurch durchlöchert, so möchte es wohl wie Mohammed bis an den Jüngsten Tag zwischen Himmel und Erde geschwebt sein.“

Das Ende ist schnell erzählt: Das seltsame Gefährt, in dem er saß, schenkte er meinem Bootsfahrer und er selbst sprang ins Meer und schwamm einfach davon …

## Die Wette mit dem Sultan

Nun lauscht, Freunde, was für Geheimnisse ich euch aus dem Palast des Großsultans zu berichten habe. Doch bevor ich verrate, wie es zu dem vertraulichen Gelage kam, muss ich euch von anderen wundersamen Ereignissen im Lande der Türken erzählen.

Längst hatte ich gute Freundschaft mit dem Sultan geschlossen und damit nicht genug – er hatte mich sogar zu seinem engsten Vertrauten gemacht und schickte mich mit Geheimaufträgen durch sein Reich. Auf diese Weise lernte ich nicht nur die lieben Türken kennen, ich versorgte mich auch mit Dienern allererster Güte: Der erste war ein Läufer, ein laufender Bote sozusagen. Dieses Geschöpf kreuzte meinen Weg, als es, mit schweren Eisenkugeln an den Füßen, von Wien nach Konstantinopel unterwegs war und – nun möget ihr staunen – für diese Strecke gerade mal eine halbe Stunde benötigte … ohne Kugeln natürlich noch deutlich weniger!

Der zweite Mann, den ich in meine Dienste stellte, hatte die seltene Befähigung, das Gras wachsen zu hören. Wer so ein feines Gehör hat, vernimmt auch noch ganz andere Dinge, dachte ich mir. Und ich sollte Recht behalten!

Der dritte Mann war ein Schütze. Nun denkt nur nicht, ich hätte einen ganz normalen Scharfschützen engagiert! Nein, dieser Teufelskerl konnte – und das hat er mir bewiesen – von Konstantinopel aus einen Sperling treffen, der arglos auf dem Münster zu Straßburg saß!

Und noch zwei weitere Kerle nahm ich in Dienst, deren Hilfe ich bald benötigen sollte: einen Mann mit ungeheuren Kräften und einen, der mit einem Nasenschnaufer sieben Windmühlenflügel zum Schwirren brachte.

Nun aber will ich erzählen, wie ein edles alkoholisches Getränk in das Gemach des Sultans gelangte, obgleich doch jeder weiß, dass Mohammeds Gesetz seinen Anhängern den Alkohol verbietet. Denn was nicht öffentlich stattfindet, geschieht im Geheimen. So weiß mancher Türke den Wein mehr zu schätzen als ein Deutscher. Und so kredenzte mir eines Tages der Fürst in seinem Geheimkabinett einen edlen Tokaier. Das Tröpfchen war nicht schlecht, das musste ich zugeben – trotzdem behauptete ich dreist und frech, in Wien gäbe es einen noch viel besseren Tropfen.

Als der Sultan mir nicht glauben wollte, versprach ich, ihm innerhalb einer Stunde den besten Tokaier auf den Tisch zu bringen.

„Wenn Ihr mir den in einer Stunde herschafft, Baron, so könnt Ihr aus meiner Schatzkammer so viel Gold, Silber und Edelsteine holen, wie ein Kerl zu schleppen vermag!", nahm der Sultan die Wette an. „Gelingt Euch dieser Beweis nicht, so kostet es Euch den Kopf. Denn niemand darf einen Sultan an der Nase herumführen!"

„Topp, die Wette gilt!", lautete meine Antwort.

Wofür hatte ich schließlich diesen Wunderläufer in meine Dienste übernommen?

„Schnall deine Eisen ab!", befahl ich dem Kerl. Flitze mit diesem Schreiben zum Kaiser Karl in Wien und sei in weniger als einer Stunde mit einer Flasche seines besten Tokaier-Weins wieder hier bei mir!"

Kaum war der Diener wie ein geölter Blitz entschwunden, setzte ich mich zur Ruhe, denn die Wette hatte ich ja gewonnen!

Ich wartete und wartete … und nach fünfzig Minuten wurde ich leicht nervös.

„Erlausche, wo der Läufer bleibt!“, befahl ich meinem Diener mit dem Supergehör.

Nun hatte ich ja schon einiges erlebt in meinem abwechslungsreichen Leben. Was aber dieser Wundermann mir zu melden hatte, übertraf doch so manches:

„Verehrter Baron!“, flüsterte er. „Ich höre den Läufer!“

„Ist er gleich da, ja?“, fragte ich aufgeregt.

„Nein, verehrter Herr. Ich höre den Läufer leise schnarchen.“

„Sofort wecken!“, befahl ich meinem Wunderschützen mit den Wunderaugen.

„Kein Problem“, verkündete der. „Er liegt in der Nähe von Belgrad unter einer Eiche.“

Ich kann es kurz machen: Dem Meisterschützen gelang es, meinem Meisterläufer Beine zu machen! Er schoss auf den Baum und ein Hagelregen von Eicheln, Zweigen und Blättern fiel auf den Schläfer herab und weckte ihn.

Gerade als der Großsultan auf die Sonnenuhr blickte und mit Sorgenfalten von meiner bevorstehenden Köpfung zu sprechen begann, da erschien mein Meisterläufer mit dem erlesenen Wein aus Wien. Mit kaiserlichen Grüßen dazu – genau eine Minute vor Ablauf der Wette!

„Öffnet dem Baron die Schatzkammer!“, befahl der Großsultan und ahnte dabei noch nicht, welchen Superkerl von Diener ich losschickte, um die Einlösung des Wetteinsatzes vorzunehmen.

Die Folgen waren nicht überraschend: Kaum hatte mein Mann die Schatzkammer geräumt und die reiche Beute auf unser Schiff gebracht, hissten wir in Eile die Segel. Denn was geschah: Man schlug mit allem, was Lärm macht, Alarm!

„Lasst den Unhold von Baron nicht entkommen!“, lautete der Befehl des Sultans, worauf die gesamte türkische Flotte auf mich und meine treuen Helfer gehetzt wurde.

Aber wie ich schon bescheiden andeutete, hatte ich ein gutes Händchen bei der Auswahl meiner Diener gehabt. So musste ich nur den an Deck rufen, der mich vor Zeiten durch seine ungeheure Lungenkraft verblüfft hatte. Er gab nur zwei, drei kräftige Schniefer von sich und schon hatte er die türkische Flotte in ihren Hafen zurückgeweht!

Nun werdet ihr zu Recht fragen: Was macht unser Held mit diesem gigantischen Reichtum?

Logischerweise hatte ich ein schlechtes Gewissen: Immerhin hatte ich dem Sultan fast das ganze Staatsbudget abgenommen! Doch ich wusste: Meine türkischen Freunde werden aus diesem Schaden sicherlich schlauer und werden in ihrem Morgenland schon neue Quellen der Bereicherung entdecken. Außerdem hatte ich bald Gelegenheit, mich als Wohltäter und Freund der Armen zu beweisen: Wir waren nämlich in Italien vor Anker gegangen, wo gerade große Not herrschte. So gab ich also den größten Teil meiner Schätze an die Bedürftigen und erntete dafür überall große Dankbarkeit! Dann allerdings, auf dem Wege nach Rom, der Hauptstadt des Landes, geschah mir Gemeines: Irgendwelche üblen Banditen überfielen mich hinterrücks und beraubten mich: Weg war der ganze Reichtum! Wie gewonnen, so zerronnen …

# Unglaubliches und Ungeheuerliches

„Psssst!“ „Pssssst!“ „Psssssst!“, hörte ich im Schlaf. „Lasst ihn ausschlafen, das Erzählen hat ihn fürchterlich angestrengt!“

Ja, ich gebe zu: Nicht nur das Geschichtenerzählen ist anstrengend. Auch das Bemühen, immer bei der Wahrheit zu bleiben, kostet viel Kraft. Und hierin bin ich – und das können meine Freunde jederzeit bestätigen – unübertroffen haarspalterisch.

Natürlich habe ich mir schon öfter darüber Gedanken gemacht, woher ich diese Eigenschaft habe. Ganz im Vertrauen: Ich habe sie von meinem Vater geerbt. Auch er war ein Mensch, der viel im Leben herumgekommen war und größten Wert darauf legte, nichts Falsches zu erzählen. Stets habe ich gebannt seinen Reiseberichten gelauscht. Und wenn ich tatsächlich mal Zweifel an seiner Ehrlichkeit hatte, so genügte ein strenger Blick meines alten Herrn und schon glaubte ich ihm jedes

Wort. Ich hoffe, ich muss in meinem Leben nie so streng schauen, denn auch das kostet Kraft.

Nun will ich aber ein altes Versprechen einlösen und etwas von dem erzählen, was mein Herr Vater in seinen jungen Jahren erlebt hatte:

„Freunde“, pflegte er zu uns Zuhörern zu sagen, „was ich euch heute erzähle, ist nur eine kleine Anekdote aus meinem Leben. Ich werde nichts weglassen und nichts hinzufügen, damit es später in den Geschichtswerken heißt: Der Baron von Münchhausen war das Gegenteil eines Lügenbarons!“

Ja, er war uns Kindern stets ein Vorbild. Er hat uns immer zur Wahrheit erzogen, angehalten und manchmal gar gezwungen. Und er hat uns eingetrichtert: „So spannend und einmalig es auch sein mag, was ihr zu berichten habt – bleibt stets bescheiden und zurückhaltend. Eigenlob ist wie schlechter Mundgeruch und den kann sich ein Münchhausen nicht erlauben. Und solltet ihr tatsächlich eine Heldentat vollbracht haben, so verschweigt sie lieber. Die Welt ist sowieso voller Angeber und Aufschneider. Will man also auffallen, so gibt es nur zwei Möglichkeiten: Entweder man ist eben besonders bescheiden. Oder aber man gibt noch mehr an als der größte Angeber, den man kennt!“

Und ganz unter uns und im Geheimen: Ihr wisst ja hoffentlich, warum gerade so viele Männer Angeber sind, oder?

Ich verrate es euch: Sie haben Komplexe. Sie fühlen sich schwächer als das weibliche Geschlecht. Und damit niemand das merkt, spielen sie sich tüchtig auf. Alles klar?

Doch nun, nach einem kurzen Nickerchen, kann ich euch das erzählen, was mir mein Vater als eines seiner schönsten Erlebnisse erzählt hat:

„Ich hielt mich“, begann er „bei meinen Reisen geraume Zeit in England auf. Eines Tages, als ich ganz harmlos am Strand spazieren ging, hörte ich lautes Wiehern hinter mir. Erschrocken drehte ich mich um – und was sehe ich im wilden Galopp auf mich zurennen?

Ein leibhaftiges Seepferd!

„Du hast im Biologieunterricht schlecht aufgepasst, Münchhausen!“, schoss es mir durch den Kopf. Denn irgendwie hatte ich die Seepferdchen ganz anders in Erinnerung.

Mir blieb aber nicht viel Zeit zum Nachdenken, ich musste handeln. Dieses offenbar wilde und ungezähmte Tier zeigte nämlich keinerlei Angst vor mir, schoss auf mich zu und hätte mich garantiert umgerannt, wenn ich nicht instinktiv zu meiner einzigen Waffe – einer Steinschleuder – gegriffen und diesem Wildling eins sanft zwischen die Augen gesetzt hätte! Diese überraschende Abwehr ließ die ungewöhnliche Kreatur kurz innehalten. Das war meine Chance: Mit einem gekonnten Satz bestieg ich das ungewöhnliche Pferd. Als ob es meine geheimsten Wünsche erahnt hätte, begann es zu traben – hatte es wirklich Beine? –, strebte ohne Umweg direkt aufs Wasser zu, machte noch ein, zwei muntere Galoppsprünge und … tauchte mit mir ins salzige Nass.

Wie soll ich ausdrücken, welch maßlose Verwunderung mich packte?

Wie soll ich schildern, in was für eine seltsame Welt ich kam?“

Ihr lieben Freunde! Ich unterbreche hier einmal kurz die Schilderung meines Vaters und bitte euch einen Blick auf unser Familienarchiv zu werfen. Ihr werdet mir nun glauben, dass sich hier nicht irgendein verrückter

Künstler ausgetobt hat – nein, dies sind alles Erinnerungsstücke und Fundsachen meiner Ahnen und meiner Wenigkeit.

Mit jedem Gegenstand verbindet sich eine Erinnerung oder eine tiefe menschliche Freundschaft und einige Büsten verweisen nur ganz bescheiden darauf, wen alles die Münchhausens zu ihren Vorfahren zählen. Vergeblich werdet ihr leider Ausschau halten nach dem ausgestopften Seepferd, von dem mein Herr Vater so packend zu erzählen wusste. Ich habe meinem alten Herrn ja alles abgenommen und selten einen Widerspruch gewagt. Dass er aber diesen Gaul nicht der Nachwelt bewahrt hat, das kann ich ihm eigentlich nicht verzeihen.

Trotzdem möchte ich ihm hier das Wort wieder übergeben, denn es ist sensationell, was er auf dem Rücken des Seepferdes erleben durfte:

„Ich galoppierte also ohne Pause und mit beachtlichem Tempo in die tiefsten Tiefen und wurde von einer wahren Wunderwelt begrüßt. Hätte ich nicht so arg unter Atemnot gelitten, wären in einem fort ‚Ahs' und ‚Ohs' von meinen Lippen gekommen. Aber auch stumm genoss ich die Zauberwesen, die kein Mensch vor mir je erblicken durfte.

Es war aber keineswegs nur ein Ergötzen für die Augen, auch die Ohren wurden mit ungewohnten ozeanischen Klängen verwöhnt: Da saßen Myriaden von Fischen und sangen so schön im Chor, dass es mir die Tränen in die Augen getrieben hätte, wenn sie nicht sowieso schon feucht gewesen wären …

Glücklicherweise musste ich nicht einmal ‚Hü!' oder ‚Hott!' sagen, denn mein Seepferd gehorchte schon dem zartesten Schenkeldruck.

Als erster Erdenmensch durfte ich die riesigen Bäume und Sträucher betrachten, an denen die Krebse, die Hummern, die Austern, die Seeschnecken und anderes, mir unbekanntes Seegetier wuchsen oder herumkreuchten.

So konnte ich den Anblick von prächtigen durchsichtigen Gebäuden genießen, wo die Fische ihre Kleinen aufzogen und spielen ließen.

Als schließlich meine See-Rosinante wieder nach oben strebte und fremdes Ufer betrat, brauchte ich lange, um zu begreifen, dass ich jetzt auf holländischem Boden stand.

Nachdem ich dann zur nächstbesten Herberge geritten war und zu erzählen begann, wollten mir die misstrauischen Holländer zunächst kein Wort glauben. Erst als ich bereit war, ihnen mein Pferd zu kostenlosen Proberitten durch ihre endlosen Tulpenfelder zur Verfügung zu stellen, legte sich ihre Skepsis.

Leider konnte ich nicht länger in diesem Land der Windmühlen, der Tulpen und des Edamers weilen, da zu Hause ein krähender Hieronymus sehnsüchtig auf seinen geliebten Vater wartete.“

Und genau der erzählt jetzt, wie er Jahre später in England weilte und sich maßlos langweilte. Und hier, liebe Freunde, sei euch ein großes Geheimnis verraten: Man muss die Langeweile nur bis zum Äußersten treiben, dann passieren garantiert die unglaublichsten Dinge:

Was wohl lässt den Baron von Münchhausen eines Tages wie einen Kometen durch die Luft düsen?

Ich verrate es euch und übergebe meinem Vater wieder das Wort.

„Der Tag, an dem es passierte, begann, wie alle Tage zuvor: mit Langeweile. Um das Leben nicht gänzlich unnütz an mir vorüberziehen zu lassen, war ich zum Hafen gegangen, weil ich einige Sachen für meine Freunde in Hamburg einzuschiffen hatte.

Als ich damit fertig war, nahm ich meinen Rückweg über den Tower. Es war gerade Mittag, mich überkam große Müdigkeit und als ich dort an den Riesenkanonen vorbei trottete, überkam mich plötzlich eine Idee: Eins dieser komischen Kriegsdinger wäre doch das ideale Schlafplätzchen für den alten Münchhausen!

Gesagt, getan: Ich kroch in das Rohr einer Kanone und kaum war ich drin, war ich auch schon eingeschlafen.

Wer achtet schon auf den Kalender, bevor er sich zu einem Nickerchen legt?

Denn, nun haltet euch fest, Freunde: Genau an diesem 4. Juni war der Geburtstag des Königs!

Und was wird zu seinen Ehren gemacht? Die Kanonen werden abgefeuert!

Sie waren schon am Morgen geladen worden, und während ich im Reich der Träume weilte, wurde geballert. Für mich bedeutete das, dass ich in hohem Bogen über die Häuser hinweg auf die entgegengesetzte Seite des Flusses flog und inmitten eines Gehöftes mit riesigen Wiesen niederging – genau in einem prächtigen Heuhaufen!

Der Aufprall muss mir wohl endgültig die Besinnung genommen haben. Denn ich verbrachte sage und schreibe drei Monate in diesem Haufen. Und ich läge wahrscheinlich noch heute darin, wenn nicht der Pächter eines Tages, als ihm der Preis fürs Heu hoch genug geklettert war, an den Verkauf dachte.

Da mein Schlafplatz die größte Menge Heu war – ich denke, so an die fünfhundert Klafter – sollte sie zuerst verladen werden. Dazu hatte man lange Leitern angelegt, um von oben mit den Heugabeln kräftig zuzulangen – nicht ahnend, welch wertvolles Gut da ruhte.

Zum Glück wachte ich von dem Lärm um mich herum auf und nicht durch die Zinken der Gabeln. Mein erster Blick aus den noch schlafmüden Augen muss der eines aufgescheuchten Vogels gewesen sein. Jedenfalls wusste ich beim besten Willen nicht, wo ich mich befand, und mein erster Gedanke war: Flucht!

Ich sprang also herunter, landete aber dummerweise genau im Genick des Pächters. Dadurch warf ich ihn Knall auf Fall zu Boden und musste sogleich feststellen, dass ich diesem in der ganzen Gegend als grausamen Geizkragen verschrienen Mann offenbar das Genick gebrochen hatte. Auch wenn ich seinen armen Helfern damit einen Gefallen getan haben sollte, nahm ich sicherheitshalber ruckzuck Reißaus …

Auf dem kürzesten Wege eilte ich zurück nach London. Und muss ich beschreiben, wie meine Gastgeber mich anstarrten? Wochen, ja Monate hatten sie nach mir suchen lassen. Und nun stand ich putzmunter vor ihnen!

Eines aber zum Abschluss dieser Anekdote: Noch heute träume ich faste jede Nacht von mir in dem kuscheligen Heuhaufen …“

# Noch einmal zum Mond

Seht her, meine Freunde, welch wundervolles Bild ich euch hier präsentiere! Ich habe es mit eigener Hand gemalt und ihr seid die Ersten, denen ich es zeige. Hundertmal dürft ihr raten, wer sich auf diesem Schiff befindet. Und noch einmal mehr dürft ihr raten, wohin die Reise geht!

Nun meine Lieben, ich lausche voller Spannung euren Vermutungen!

„Liebster Hieronymus! Wenn dein Freund Engelbert ehrlich sein soll, so muss er sagen: Er hat schon von vielen gefährlichen und unheimlichen Unternehmungen seines lieben Freundes gehört. Hier aber packt ihn das Grausen beim Gedanken, Münchhausen könnte auf diesem Geisterschiff in dieser Geisterlandschaft sein!“

Auch wenn euch bange ist, liebe Freunde, diese erste Vermutung ist richtig: Baron Hieronymus von Münchhausen schifft hier höchstpersönlich durch einen der unerforschten Himmelsozeane und steht vor einem seiner fantastischsten Abenteuer!

Ich muss allerdings hinzufügen: Kein Pinsel dieser Welt könnte das Ungeheuerliche auf die Leinwand bannen, was mir hier begegnete. Und keine Zunge auf diesem Kosmos vermag Worte zu formen, die diesem meinem Erlebnis angemessen sind.

„Lieber Hieronymus! Gestatte deinem Herzensfreund Berti, dem Angstschauer über den Rücken laufen, die bescheidene Bemerkung: Wenn ich dich hier nicht leibhaftig sehen würde, mir käme die Befürchtung, dass dies eine Reise ohne glückliches Ende war."

Aber wohin, liebe Freunde, ging die Reise? Wohin?

„Erlaube deinem Freund Antonius einen kritischen Blick auf das Gemälde, Hieronymus! Mir schwant, es handle sich um eine Reise in ganz fremde, ungewöhnliche Gefilde. Dennoch melde ich meine Zweifel an, ob dieses Bild genau das wiedergibt, was du auch tatsächlich erlebt hast. Wenn ich nämlich recht schaue, so handelt es sich bei dem Blau um Dunst. Und den kann man meines

Wissens zwar anderen vormachen, keinesfalls aber durchschiffen!“

Oh, Freunde! Wo soll das enden, wenn einem die nächsten Menschen nicht mehr die Wahrheit abnehmen? Habe ich nicht bei jedem Abenteuer betont, wie wichtig mir die Ehrlichkeit ist? Was hätte ich außer Ruhm und Ärger von irgendwelchen Übertreibungen? Man würde mich doch nicht mehr mit „Herr Baron“ betiteln. Stattdessen riefe man mich „Lügenbaron“. Und wer wollte schon mit einem solchen Titel leben, frage ich euch!

„Keine Frage, Hieronymus! Ich, der ehrenhafte General Siegbold, der selbst schon mit dir auf Reisen gewesen ist, stellt dir hiermit das Ehrenzeugnis des allzeit wahrhaftigen, um Ehrlichkeit bemühten Erzählers und auch Malers aus. Und ich fordere deine und meine Freunde auf zu erraten, wo du dich auf diesem Bild befindest!“

„Das hat er ja schon gesagt, Boldi! Auf eben diesem Schiff!“

„Und was ist es für ein Schiff, Berti?“

„Ein Traumschiff vielleicht, Toni?“

„Oder gar ein Luftschiff?“

„Und dieser Klops da im Hintergrund?“

„Welcher Klops, Boldi?“

„Dieser gelbe Kloß!“

„Das ist vielleicht der Mars.“

„Oder der Merkur.“

„Oder sogar der Uranus.“

„Oder ein neuer Planet, den unser einmaliger und besonderer Freund Hieronymus gerade dabei ist zu entdecken.“

Genug, Freunde, genug! Wer auch immer hier mitgeraten hat … ich muss sagen, ihr überschätzt alle meine Möglichkeiten. Schließlich bin ich kein Märchenerzähler, sondern ein ganz normaler Sterblicher mit all seinen Schwächen.

„O bitte, Baron, erzähl endlich, wo du warst!“

Gut, Freunde, ich will euch nicht länger auf die Folter spannen: Wie ihr wisst, gibt es hier und da auf der Erde Spinner. Und leider muss ich gestehen – auch in meiner Familie geistert so ein Exemplar herum. Dieser Mann, glücklicherweise ein nur sehr weitläufig mit mir verwandter Onkel, hat sich in den Kopf gesetzt, es gäbe irgendwo ein Volk, das dem an Größe gleichkomme, wie es Gulliver im Königreich Brobdingnag gefunden haben will.

Ich, als geborener Realist, hatte jene Erzählung immer für ein Märchen gehalten. Da dieser Onkel mich aber als Erbe eingesetzt hatte, wollte ich ihm nicht widersprechen. Und so bestieg ich eines Tages mit ihm ein gut ausgerüstetes Schiff, das uns zunächst einmal in die Südsee bringen sollte. Selten zuvor war eine Reise so idyllisch und ohne Pannen verlaufen, die Mannschaft war meinem Onkel ohne Murren zu Diensten und das Wetter ließ ahnen, wie man sich im Paradies fühlt …

Da, mit einem Mal, war es mit der Ruhe vorbei! Wir hatten gerade die Insel Otahiti passiert, als eine orkanartige Böe unser Schiff erfasste und es wenigstens Tausend Meilen von der Meeresoberfläche abhob. Und ganz ohne Untertreibung: Dort oben ließ sich herrlich segeln, wie mein Bild hoffentlich vermitteln mag. Und: Interessanterweise ist man dort oben auch nicht allein!

Neben gewöhnlichem Federgetier schwebten da auch seltsam gekleidete Gestalten herum und vertrieben sich die Zeit, indem sie zu kosmischen Klängen Menuett tanzten!

Dann aber kam wieder eine steife Brise, erfasste unser Schiff und trug uns mit rasanter Geschwindigkeit … zum Mond!

Wie ihr wisst, hatte ich ja schon einmal einen Kurzbesuch da oben gemacht. Nur, damals musste ich mich ja fast ausschließlich um diese blöde Kletterbohne kümmern und war eigentlich nur froh, als ich die silberne Axt gefunden hatte und zur Erde zurückkehren konnte.

Dieses Mal jedoch, mit meinem spinnigen Onkel an der Seite, war Zeit für lange Expeditionen.

Ich weiß nicht, was andere von da oben berichten werden – falls ihnen je eine Landung dort gelingen wird. Ich möchte auch bezweifeln, ob sie die Wahrheit erzählen werden. Möglicherweise lügen sie uns die Ohren voll und ich stehe mit meinem ehrlichen Bericht dumm da.

Dieses Gestirn jedenfalls ist es wert, ganz in Ruhe gelassen zu werden, so einmalig und besonders ist das, was dort kreucht, fleucht, wächst und gedeiht.

Ihr lieben Freunde, ihr könnt euch vorstellen, mit welchen Kulleraugen ich durch die fremde

Welt spazierte. Niemand hinderte mich, mit dem einen oder anderen das Gespräch zu suchen, um etwas über die Lebensgewohnheiten der Mondwesen zu erfahren. So wunderte ich mich zum Beispiel über die seltsamen Schubladen, die viele Wesen am Bauch tragen: Sie dienen zu nichts anderem als der Nahrungsaufnahme. Einmal im Monat wird da kräftig reingestopft und das reicht dann etwa für vier Wochen.

Zärtlichkeiten, wie sie von vielen Menschen auf der Erde gemocht werden, sind auf dem Mond unbekannt. Es gibt nur ein Geschlecht, die Kinder wachsen an den Bäumen und wenn Mondwesen alt sind, so sterben sie nicht, sondern lösen sich in Luft auf und verfliegen wie Rauch.

Eine Besonderheit sollte ich noch extra erwähnen: Die meisten Kreaturen auf dem Mond können nach Lust und Laune ihre Augen herausnehmen und andere dafür einsetzen. Ständig wird man da oben von Augenhändlern angesprochen und gefragt, ob man nicht Lust auf ein gelbes, ein violettes oder ein rosa Auge habe. Das klingt merkwürdig, Freunde … aber so ist es nun mal mit der Mode da oben.

Und wer den geringsten Zweifel an meiner Geschichte hat, sollte selbst auf den Mond fliegen und sich überzeugen, dass ich der Wahrheit stets getreu geblieben bin.

## Die Reise durch die Welt

Oh, meine Freunde, habt ihr je einen Blick in die Tiefen eines Vulkans geworfen? Habt ihr eine Vorstellung von dem, was euch da unten erwarten könnte?

Glücklicherweise kennt ihr ja mich, den viel gereisten Baron von Münchhausen, der euch von alledem ohne Geheimniskrämerei erzählen kann!

Und ich versichere euch hoch und heilig: Ich lasse keine Kleinigkeit weg und ich füge nicht einmal weniger als eine Kleinigkeit hinzu.

Doch nun lauschet, wie es mir erging, als ich den Vulkan Ätna im schönen Italien besuchte:

Eines Morgens brach ich in aller Herrgottsfrüh von einer am Fuße des Berges gelegenen Hütte auf. Auch wenn es auf Kosten meines Lebens geschehen sollte – ich war fest entschlossen, das Innere des Berges zu untersuchen. Dabei sollte ich anmerken: Schon seit Tagen tobte es im Inneren des Ätna. Und allein dieses Grummeln und Grollen hätte jeden

Normalsterblichen von dem Bergungeheuer fern gehalten. Ich aber stieg entschlossen und mutig in weniger als drei Stunden bis zur Spitze des Berges auf. Und dann kam der lang ersehnte Augenblick: Mit dem Blick meiner beiden Augen sah ich zum ersten Mal in die glühenden Tiefen.

Nun wisst ihr von mir ja seit langem, dass ich nichts mehr hasse, als Leichtsinn und unüberlegtes Handeln. Folglich drehte ich erst einmal drei volle Runden um den Kraterrand, bedachte meine Lage, dachte an euch, meine lieben Freunde … und fasste schlussendlich den Entschluss: hineinzuspringen!

Welche Worte soll ich wählen, um das zu beschreiben, was und wer mich dort unten in der Gluthitze erwartete?

Könnt ihr euch das vorstellen … den mächtigen Vulkan höchstpersönlich und die grausamen, zänkischen und brutalen Zyklopen dort unten?

Kaum war ich gelandet, hatte mich dieser Koloss von Vulkan gepackt und durchgeschüttelt. Und während hinter mir getobt und gekämpft wurde, musste ich mich, zugleich schwitzend und angstschlotternd, vorstellen, musste ich erklären, in welch lauterer Absicht ich da unten erschienen war und welch harmlose und ehrliche Kreatur ich überhaupt bin.

Und siehe da: Irgendetwas an mir muss dem Herrscher dieser Unterwelt gefallen haben. Denn unversehens begab er sich zu seiner Hausapotheke, holte Pflästerchen, Salben und Tinkturen und begann, meine doch ziemlich erheblichen Sturzwunden und Wehwehchen zu behandeln.

Und wenn ihr glaubt, das sei alles an Verwöhnung gewesen, dann habt ihr euch sehr gründlich getäuscht!

Dieser Riesenraufbold setzte mir anschließend einige der feinsten Erfrischungen vor … Nektar und Weine, die sonst nur Göttinnen und Götter zu kosten kriegen. Und als Krönung führte er mich in einen überaus gemütlichen Salon, wo ich – nun ratet! – seiner Gemahlin Venus die Aufwartung machen durfte!

Oh, ihr lieben Freunde! Lasst mich nicht schwärmen von dieser liebreizenden Person …

Die anmutige Venus schien zu ahnen, was mir hier oben auf Erden fehlte. Sie schenkte mir die Zärtlichkeit ihres Herzens und verwöhnte mich göttlich. Mit Sehnsucht und

Wonne erinnere ich mich immer wieder an ihre unbeschreibliche Gastfreundschaft …

Und Vulkan nahm mich auf Erkundungstour durch Ätna. Dabei gab er mir eine sehr genaue Beschreibung von seinem Feuerberg. Und hier erfuhr ich auch in allen Kleinigkeiten, wie es zu den Ausbrüchen kommt, die uns immer mal wieder das Lavagestein um die Ohren fliegen lassen: Es sind nämlich die ständigen Streitereien und Kämpfe dort unter Tage, die den großen Vulkan irgendwann ausrasten lassen. Dann wirft er mit rotglühenden Kohlen um sich. Eigentlich will er damit nur die Streithähne treffen – aber etliche davon verfehlen ihr Ziel und fliegen über den Kraterrand hinaus bis zu uns Irdischen, die wir, von Neugier getrieben, die Nähe dieses Feuerbergs suchen.

Dass mit diesem Herrn Vulkan nicht zu spaßen ist, erfuhr ich leider alsbald am eigenen Leib. Ich erzählte euch: Wie es meine bescheidene Art ist, drängte ich mich ja nicht auf bei der holden Venus. Doch ihre Freundlichkeit und Liebenswürdigkeit mir gegenüber muss ein heftiges Feuer der Eifersucht in dem hitzigen Herzen des Vulkans entfacht haben.

Jedenfalls tauchte der Riese eines Morgens völlig überraschend in meinem Zimmer auf – gerade in dem Moment, als ich aufstehen wollte.

Und was erlaubt sich der Kerl?

Er packt mich, trägt mich hinaus in einen anderen Raum, hält mich über ein riesiges Loch … und lässt mich ohne Erklärungen fallen!

Versteht ihr, Freunde? Kein Halt, keine Hilfe, keine Orientierung … nur fallen, fallen und immer noch weiter fallen! Und sich dabei wundern, wie man immer schneller und schneller und schneller stürzt und längst nicht mehr weiß, wo man sich befindet.

Und indem ich mich in dem Dunkel verliere, wächst auch meine Angst. Und so, wie meine Angst wächst, schwindet meine Besinnung. Ein letzter Gedanke noch an die liebe Erde, an meine lieben Ahnen und an euch, meine Lieben. Und dann das Nichts, das nichtige, nichts sagende und nichts bedeutende Nichts.

Ja, liebe Freunde, euer Hieronymus von Münchhausen, hat das pure und reine Nichts erlebt! Und ich verrate es jetzt – er hat es nicht nur erlebt, er hat es auch überlebt!

Ich kann mir das ganze Wunder nur so erklären: Es muss ein ewiger Sturz durch das ganze Erdinnere gewesen sein … und auf der anderen Seite wieder hinaus aus dem Feuerball! Denn irgendwann wurde es nass, sehr, sehr nass, salzig nass sogar: Das konnte nur ein Ozean um mich herum sein, der mich unmittelbar wieder lebendig werden ließ!

# Käse – lauter Käse

Freunde, liebe Freunde – nun ist der Zeitpunkt gekommen, euch etwas zu gestehen: Ich habe außer euch noch einen Freund!

Dieses Mal lasse ich euch nicht raten, ich verrate es einfach: Es ist ein Delfin.

Ich hoffe, ihr seid nicht eifersüchtig und versteht, dass ich diesem Wesen zutiefst verbunden bin. Ich begegnete ihm unter Wasser und der erste Blick von Auge zu Auge machte mir klar: Ich hatte einen herzensguten Kerl gefunden, der mir wortlos sagte:

„Komm her, Hieronymus! Halte dich an mir fest. Ich werde dich retten."

Gesagt und schon getan: Mein Freund, der Delfin, machte ein paar höchst galante Schwünge über die Wogen und tanzte mit mir ausgelassen in den Wellen. Er gab die merkwürdigsten Töne von sich, damit ich vielleicht seine ureigene Sprache lernen sollte. Dann drehte er etliche Extrarunden mit mir unter Wasser, um mir all die Schönheiten der Unterwasserwelt zu präsentieren. Und schließlich brachte er mich zu einem großen Segler, den ich schon gleich bei meinem Auftauchen am Horizont entdeckt hatte. Den aber hätte ich nie und nimmer schwimmend erreicht, weil ich schließlich kein Übermensch, sondern ein ganz normaler Baron bin …

Es war ein tränenreicher Abschied von diesem lieben Freund und ein etwas merkwürdiger Empfang auf dem Schiff. Die gesamte Besatzung nämlich bestand aus Holländern, die natürlich interessierte, woher ich denn bitte gerade gekommen sei. Doch als ich ihnen die ganze Wahrheit erzählt habe, passierte Folgendes: Sie glaubten mir einfach nicht!

Liegt es daran, dass ich aus Deutschland komme? Oder weil ich ein Baron bin? Oder ist es nur ein gesundes Misstrauen, weil man nicht nach Käse riecht? Das wär doch was, liebe Freunde, oder?

Zunächst einmal wollte ich ja gar nicht mehr wissen als die Position des Schiffes. Als mir dann der Kapitän kundtat, wir befänden uns im Südmeer, da war mir mit einem Mal klar: Ich hatte tatsächlich, ausgehend vom Kraterrand des Ätna, eine Reise mitten durch die

Erde hinter mir! Ich hatte unfreiwillig einen Weg gewählt, der deutlich kürzer war, als einmal um den halben Globus zu kurven, wie es meine misstrauischen Gastgeber getan hatten.

Natürlich erzählte ich meinen neugierigen Rettern sogleich von meinem besinnungslosen Sturz durch die Erdmitte. Ich erzählte so aufrichtig und bescheiden, wie ich es bei euch mache, meine lieben Freunde. Doch wie schon angedeutet: Zu meiner Bestürzung zeigten einige Holländer, besonders der Kapitän, Mienen, als zweifelten sie an meiner Wahrhaftigkeit. Das kränkte mich – doch es bleibt festzuhalten: Sie hatten mich freundschaftlich auf ihr Schiff genommen und dafür musste ich dankbar sein. Ich war jetzt auf ihre Gnade angewiesen und musste folglich meine Zunge im Zaum halten – was mir ja manchmal, wie ihr wisst, etwas schwer fällt …

Im Übrigen hatte ich nicht viel Zeit zum Grübeln. Wir kamen nämlich unversehens in einen fürchterlichen Sturm, der in wenigen Stunden alle unsere Segel zerriss, unser Bugspriet zersplitterte und die große Bramstenge umlegte, welche genau auf das Behältnis fiel, in dem unser Kompass verschlossen war. Und diese zerschlug prompt Kästchen und Kompass in tausend Stücke!

Jedermann, der einmal zur See gefahren ist, weiß, was für schreckliche Folgen ein solcher Verlust hat: Wir trieben fortan ziellos durch die Weltmeere, wir waren ein Spielball der Wellen und von dem, der sich um sie kümmert. Im Nu hatten wir jede Orientierung verloren und waren heilfroh, als der Sturm nachließ und es Zeit zum Verschnaufen gab. So mochten wir etwa drei Monate getrieben sein, als uns ein Wunder, ein wohlriechendes Wunder, weckte:

Käse – lauter köstlicher Käse!

Ihr hättet die Holländer sehen sollen, wie sie aus ihren Hängematten sprangen, als uns bei Morgendämmerung dieser Wohlgeruch um die Nase wehte!

Und beim Blick über die Reling mochten wir unseren Augen nicht trauen: Unser Schiff schwamm nicht nur in einem Meer von flüssiger Sahne – nein, da dümpelten auch noch die feinsten Käsehappen darin herum. Und am Horizont sah es gar so aus, als ob sogar das Land da drüben auch aus reinstem Käse bestehen würde …

Daraufhin veranlasste der Kapitän, dass ein Notkommando zu Wasser – genauer gesagt: zu Sahne gelassen wurde, um eine Probe zu nehmen.

Selbstverständlich beteiligte sich auch euer Freund an dieser Aktion und war sehr gespannt, wie unser Bordkoch diese köstliche Überraschung kommentieren würde. Völlig selbstvergessen schlürfte der von dem, was uns in Unmengen umgab. Und erst nach längerem Drängen meldete er: „Feinste flüssige Sahne mit holländischem Beigeschmack!“

Dies nun machte seine lieben Landsleute allesamt putzmunter. Und es war kein Problem, den Kapitän zu überreden, die Fahrt zu unterbrechen, um das vor uns liegende Festland zu untersuchen.

Freunde! Was sich uns in den nächsten Stunden und Tagen bot, lässt sich auf keinem Bild angemessen festhalten. Das Papier, das man ja als geduldig bezeichnet, hat Probleme, diese Einmaligkeiten Pinselstrich für Pinselstrich anzunehmen:

Nicht nur, dass die ganze Insel, in deren Hafen wir anlegten, aus Käse bestand … nein: Es war überhaupt alles anders! Die Einwohner waren aufrecht gehende, ausgesprochen hübsche Geschöpfe – allerdings mit drei Beinen und einem Arm. Und ihre Stirn zierte ein Horn, das sie äußerst geschickt zu benutzen wussten. Sie ernährten sich fast ausschließlich von Milch, Sahne und Käse und zuweilen auch von Wein, den sie – nun lauscht und staunt – aus einem der Flüsse schöpften! Dafür spritzte aus den Trauben der Weinstöcke, wenn man sie presste, reinste, feinste Milch. War dieser Vorrat einmal aufgebraucht, so konnten sich diese Käsemenschen auch direkt an einem See an der Milch laben oder diese zu noch mehr Käse verarbeiten.

Umso verwunderlicher war es, dass wir auf einem unserer Ausflüge sogar Obstbäume fanden. Dies waren Riesengewächse, an denen nicht nur Aprikosen, Zwetschgen, Pfirsiche und Mangos wuchsen – es gab auch Früchte, deren Namen und Geschmack wir nicht kannten und von denen ich euch liebend gern eine Kostprobe mitgebracht hätte, wenn unsere Reise nicht so lange gedauert hätte.

Eine andere Besonderheit sollte ich auch nicht unerwähnt lassen: Das ist das Getreide, welches nicht wie bei uns die Körner an Ähren trägt, sondern an merkwürdigen Verdickungen ganze Brote, welche knusprig sind und außerordentlich gut munden. Könnt ihr euch vorstellen, liebe Freunde, dass ich auf dieser Insel das Schlafen vergaß? Tag und Nacht war ich im Käse unterwegs, naschte mal hier und mal dort, erzählte den Dreibeinern von dem ehrlichen Geschlecht der Münchhausens und natürlich auch so manches von euch.

Dann aber geschah etwas, was meine mutigen holländischen Freunde das Grausen lehrte und jeden Vogelkundler zum Staunen bringen würde:

Wir hatten mit dem Schiff einen kleinen Ausflug gemacht und auf der Rückseite der Insel – besser gesagt: des Käses – angelegt, um dort unsere abenteuerliche Expedition fortzusetzen. Insbesondere hatten es uns die Riesenbäume angetan, in denen wir Nester mit unzähligen Eiern entdeckten.

Ich weiß nicht, wer wen an Neugierde übertraf – die Holländer mich oder ich die Holländer – jedenfalls hatten wir kurzerhand eines der mindestens fünfhundert Eier geschnappt, um zu erkunden, welches Wesen ihm entschlüpfen würde. Unser Kapitän musste auch nicht lange klopfen … da vernahmen wir ein leises, aber drängendes Piepsen. Und kurze Zeit später schon brach die Schale und ein junges, kaum befiedertes Vögelchen schlüpfte aus. Ich sagte „Vögelchen", liebe Freunde, aber dies ist nun ausnahmsweise einmal gelogen: Denn das Vogelkind war ein gut Teil größer als zwanzig ausgewachsene Geier.

Wie harmlos aber war diese Entdeckung gegen das, was nun geschah:

Kaum nämlich hatten wir das geflügelte Riesenbaby mit ein paar Verwunderungsjauchzern willkommen geheißen, da kam wie aus dem Nichts mit schauerlichem Krächzen ein Riesenvogel auf uns zugeflogen. Offenbar war es die Mutter des Kleinen, die mit einem Blick den Hauptübeltäter ausmachte. Ohne jede Vorwarnung stürzte das gefiederte Ungetüm auf uns hernieder und griff mit seinen Riesenklauen nach dem Kapitän! Ein heftiges Flügelschlagen, das uns glatt die Hüte vom Kopf wehte, und der Geier flog mit ihm auf und davon …

Es half kein Zetern und kein Flehen – Vogel und Kapitän entschwanden in eine Höhe von mindestens einer Meile über dem Meer. Aber es war nur ein kurzer Rundflug über die Insel. Schlussendlich sahen wir, wie unser Kapitän zurück zur Erde stürzte und – platsch! – in der Sahne verschwand.

Da hättet ihr die Holländer sehen sollen! Einer nach dem anderen sprang in das milchig-fette Weiß und schwamm um sein, nein, um das Leben seines Kapitäns …

Bald darauf waren wir alle wohlbehütet wieder an Bord und nichts war natürlicher, als den glücklichen Ausgang dieses Abenteuers zu feiern. Wir schöpften reichlich Sahne aus dem Meer und schlugen sie. Wir fischten uns ein paar Riesenhappen von dem festeren Käse – es muss Edamer gewesen sein – aus dem Milchmeer. Irgendeiner zog ein paar Oliven aus der Tasche, die er auf der Insel hatte mitgehen lassen, und spießte sie auf die Käsestücke. Ein anderer zauberte ein Fläschchen von dem edlen Inselwein her und dann stießen wir auf Holland, seinen feinen Käse und seine vielen Tulpen an.

# Wein – lauter Wein

Liebe Freunde der Seefahrt, der Abenteuer und derer von Münchhausen! Ihr habt gewiss schon von manchem Wunder gehört und ungläubig den Kopf geschüttelt. Hier nun sind wir an einer Stelle meiner Reisebeschreibung angekommen, die alles, was ihr bisher vernommen habt, in den Schatten stellen wird. Und ihr könnt euch darauf verlassen, dass ich die Geschichte nicht mit einem Körnchen Wahrheit zu viel oder zu wenig würze.

Bevor ich aber zu dem komme, was jedem Weinfreund Herz und Gaumen lachen lässt, muss ich noch den wunderschönen Abschied von der Käseinsel schildern.

Kaum nämlich hatten wir die Anker gelichtet und waren in See – beziehungsweise in Sahne – gestochen, da verabschiedeten sich die Uferbäume von uns … ja, sie beugten alle gleichzeitig ihr Haupt, verharrten einen Moment wie in Ehrfurcht vor uns in dieser Stellung, um gleich darauf ihre alte Haltung einzunehmen. Habt ihr so etwas schon einmal gesehen?

Ich sage euch, Freunde: Es blieb nicht viel Zeit, über solche Eigenartigkeiten nachzudenken. Zu verwirrt suchte sich unser beschädigtes Schiff den Weg durch eine ferne, fremde Welt, die wir ja kompasslos durchkreuzen mussten und von der nichts auf unserer Seekarte zu finden war. Als sich dann schließlich auch noch das Wasser schwarz-rot färbte und eine bunte Auswahl von seltsamem Meeresgetier uns die Aufwartung machte – da konnte uns nichts mehr erschüttern. Ich verzichte hier auf die Beschreibung dieser Fabelwesen, die zumeist Flossen hatten, um nicht auch euch in Erschütterung zu versetzen. Nur ein Ereignis kann ich euch nicht ersparen: Es tauchte nämlich irgendwann eine Art Riesenmonsterwal auf. Dieses gigantische Tier öffnete hungrig-gefrässig sein Maul und verschluckte uns samt Schiff. Dass sich dabei eine Woge von Nass über uns ergoss und wir spätestens jetzt merkten, dass wir in purem Wein schwammen, sei nur nebenbei erwähnt.

„Was tun?“, fragte nun nicht nur Baron von Münchhausen, sondern zusammen mit ihm eine ganze Heerschar von verwirrten und trunkenen Holländern.

Es war stockdunkel und mehr als unheimlich in dem Gewölbe, das ja nur der Magen des Wales sein konnte. Die Luft war reichlich warm und stickig und was uns irritierte, waren Geräusche, die nicht gerade wie die eines Wales klangen. Die meisten von uns hatten sich verängstigt im Bauch des Schiffes verkrochen – doch nun wagten sich einige Mutige mit mir an Deck, um nach einem Ausweg aus dem Bauch des Wales Ausschau zu halten. Dabei hatte ich die glorreiche Idee, mit ein paar Fackeln unsere Umgebung zu beleuchten.

Dass es sich lohnt, so einen Wal von innen zu untersuchen, sollte selbstverständlich sein. Etwas überraschend allerdings war das, was uns der Fackelschein präsentierte: Wir waren keineswegs allein im Riesenbauch des Wals! Vor uns hatte dieses gierige Tier schon eine Unzahl von anderen Schiffen verschluckt, die hier im Wein ankerten und bei jedem kleinen Aufstoßen unseres Gastgebers ins Torkeln kamen.

Ach, Freunde, ich habe so meine Bedenken bei dem, was ich hier so alles verrate. Aber warum soll ich euch irgendetwas verheimlichen? Ich habe so großes Vertrauen zu euch und ich bin mir sicher: Ihr werdet meine Erlebnisse nur denen erzählen, die sich der Wahrheit verpflichtet fühlen und nicht irgendetwas Erfundenes oder gar Erlogenes dazudichten …

Lauscht also, wie es uns weiter erging in dieser ausweglosesten Lage, in der ich mich je befunden: Zunächst einmal hatten wir Angst, von Bord zu gehen, denn weder ein Holländer noch ich wusste, wie die Verdauungsvorgänge bei einem Wal funktionieren. Eines war unüberhör- und -riechbar zu beobachten: Zweimal am Tag trank unser Gastgeber, und das mehr als reichlich! Nach meiner Berechnung musste das mehr Flüssigkeit sein, als Wasser den ganzen Genfer See füllt. Und der hat immerhin einen Umfang von mindestens dreißig Meilen! In dieser ungeheuren Weinflut schaukelten dann die verschiedenen Schiffe und Boote so lange, bis – na, ihr werdet es erraten – der Wal Wasser, sprich: Wein ließ. Gleich darauf saßen wir wieder auf dem Trockenen und machten uns Gedanken darüber, dass der Wal eigentlich sturzbetrunken sein musste. Denn uns Gefangenen war ja allein schon der Weingeruch so gehörig in den Kopf gestiegen, dass einige Holländer längst das Lallen begonnen hatten …

Nun aber zu einer handfesten Überraschung, die ich an dem Tag erlebte, als ich mich endlich mit ein paar halbwegs nüchternen Begleitern von Bord wagte. Wir waren schon geraume Zeit in den Magengewölben des Wals unterwegs – da begegnete uns plötzlich ein fremder Fackelträger. Zunächst glaubten wir, es handle sich um einen betrunkenen Holländer, der sich verirrt hatte. Dann aber stand uns ein heruntergekommenes Wesen gegenüber, das uns wahrhaftig Ungeheuerliches erzählte:

In den Tiefen des Walmagens hielten sich etwa zehntausend Seemänner verborgen! Sie waren im Laufe von zwei Jahren mit ihren Schiffen nach und nach in den Innereien des gefräßigen Wales gelandet und warteten nun allesamt auf ein Wunder oder darauf … endlich verdaut zu werden!

Hier nun, Freunde, fühlte ich mich – der ich doch sonst eher zu Bescheidenheit und Zurückhaltung neige – zum Handeln aufgerufen. Denn war es nicht ein Unding, tatenlos zuzuschauen, wie sich der Wal Tag für Tag besoff und immer dann, wenn es ihm beliebte, ein paar Hundert aufrechte, ehrenhafte Seemänner verschluckte und sich anschließend, weil damit offenbar sein Appetit gestillt war, keinen Deut mehr um uns, seinen Fraß, kümmerte?

Lasst mich aber, da es schon sehr spät ist, erst mein Nachtgewand anziehen und noch einen edlen Tropfen aus dem Keller holen, bevor ich weiter erzähle!

Und jetzt, meine Freunde, auch wenn euch das Schaudern und Grausen ins Gesicht geschrieben steht, werde ich euch genau und ehrlich bis zur letzten Silbe berichten, wie dieses lebensgefährliche Abenteuer ausging:

Das Erste, was mir klar wurde, als ich mit etlichen der zehntausend verschreckten Seelen sprach – ich war ganz offensichtlich der Einzige unter uns, der die Hoffnung auf Rettung noch nicht gänzlich aufgegeben hatte. Ich vermag nicht zu beurteilen, ob es mein Vertrauen erweckendes Äußeres war oder der Wohlklang meiner Stimme oder gar meine aufbauenden Worte – jedenfalls veranstalteten die Seeleute zunächst einmal eine Wahl, um eine Art Wortführer zu bestimmen. Und ihr werdet ahnen, welches Ergebnis herauskam:

Euer treuer Freund, Hieronymus von Münchhausen, wurde zu ihrem Präsidenten gewählt! Natürlich bat ich danach erst einmal um angemessene Bedenkzeit, doch schließlich, nach einigem Zögern, nahm ich die Wahl an. Und danach schritt ich auch sogleich zur Tat: Ich verfügte, umgehend zwei der größten Mastbäume von den verschluckten Schiffen zu sägen und in den vorderen Rachenraum des Wales zu transportieren.

Doch kaum hatte ich diesen ersten Befehl gegeben, geschah Fürchterliches: Das Monster von Wal hatte mal wieder Durst bekommen, hatte einen nicht mit Worten zu beschreibenden Schluck des Meerweins genommen und uns ein unfreiwilliges Bad beschert. Hilflos und ohne Schwimmreifen schwammen die zehntausend Seeleute aus aller Herren Länder im Wein und versuchten verzweifelt, einen hoffnungsfrohen, stärkenden Blick ihres Präsidenten zu erhaschen.

Ich tat mein Bestes, rief dem einen oder anderen Durchhalteparolen zu und war nie vorher und nachher in meinem Leben so froh, immerhin bescheidene siebenunddreißig Fremdsprachen zu beherrschen und mich in etwa zweiundvierzig weiteren, wenigstens mit ein paar Brocken, verständigen zu können.

Jedenfalls gelang es mir, die armen Teufel bei Laune zu halten, bis der Wal in schon beschriebener Weise für trockenere Verhältnisse sorgte.

Und dann ging alles ruckzuck und zackzack: Die Mastbäume wurden in den Rachen geschleppt und jetzt kommt der Clou: Kaum riss der Wal sein gefräßig-gieriges Maul auf, um ein weiteres ahnungsloses Segelschiff zu verschlucken … wurden die Mastbäume zwischen Ober- und Unterkiefer gestemmt.

Und während der Wal wütend Urlaute von sich gab, klatschten mir zwanzigtausend Hände Beifall für diesen genialen Einfall. Ich winkte bescheiden ab und verfügte, umgehend sämtliche Schiffe zu besteigen und aufzutakeln. Dann galt es nur noch, den erstbesten Schnaufer zu nutzen, um mit vollen Segeln das Weite zu suchen.

Es klappte! Zehntausend vermisste Seeleute waren mit einem Schlag ihren sehnsüchtig hoffenden Angehörigen und verzweifelten Freunden auf wundersame Weise schon fast zurückgegeben. Sie mussten nur noch auf schnellstem Kurs den Weg in die Heimat suchen …

Auch ich war von schmerzlichem Heimweh befallen und hatte keinen sehnlicheren Wunsch, als so rasch wie möglich zu euch, meinen verehrten, lieben Freunden zurückzukehren.

Erspart mir – weil ich jetzt vom vielen Erzählen erschöpft bin – die Schilderung meiner eigenen Rückreise. Lasst euch lieber diesen edlen Erinnerungstropfen darbieten. Gießt euch noch ein Gläschen ein und stoßt an auf das Wohl eures besten Freundes, auf die Ehrlichkeit des Barons von Münchhausen!

# Nachwort

Die fantastischen Geschichten des Barons Münchhausen gehen auf tatsächliche Erzählungen von Hieronymus Freiherr von Münchhausen zurück.

Hieronymus wurde 1720 auf dem väterlichen Gut in Bodenwerder geboren. Er diente am braunschweigischen Hof in Wolfenbüttel als Page von Prinz Anton und sollte wie seine Brüder Offizier werden. 1738 schickte ihn Herzog Karl I. nach Russland. 1750 wurde Münchhausen zum Rittmeister befördert. Er kehrte nach Bodenwerder zurück und trat sein adeliges Erbe an.

Hier nun beginnt der Ruf von Hieronymus als geistreichem und humorvollem Unterhalter. Sein Talent zum mündlichen Erzählen muss enorm gewesen sein. Man sucht seine Gesellschaft und lauscht seinen fantasievollen Geschichten: Er berichtet aus fernen, damals noch sehr exotischen Ländern, seine Landkarte wird immer größer und unwirklicher, seine Erlebnisse immer abenteuerlicher. Er fügt haarsträubende Anekdoten wie seinen Ritt auf der Kanonenkugel oder seinen Abstieg in den glühenden Vesuv hinzu, um schließlich, nach einer Reise mitten durch die Erde auf der anderen Seite unseres Planeten wieder glücklich bei seinen gebannten Zuhörern zu landen. Lange vor Jules Verne führt es ihn auf den Mond und zu den spannendsten Abenteuern in den Tiefen des Meeres. Seine Wesen und Charaktere und seine Ideen sind so fantastisch, dass Münchhausen heute zur ersten Garde der Fantasy-Autoren zählen würde …

Als allerdings seine Erzählungen 1767 anonym in Buchform erscheinen, er dabei als Urheber angedeutet und als Lügenbaron bezeichnet wird, ist der Freiherr empört. Er will kein Lügner sein und besteht auf seinem Ruf, ein nur zur Unterhaltung plaudernder, ansonsten aber ein ganz ehrenhafter und wahrheitsliebender Edelmann zu sein.

Dann aber erscheint in England ein Buch mit dem Titel: „Baron Münchhausens narrative of his marvellous travels and campaigns in Russia“ und wird ein riesiger Erfolg. Als Autor wird der deutsche Schriftsteller Rudolph

Erich Raspe genannt, dem man nachsagt, die Erzählungen Münchhausens quasi gestohlen zu haben. Zunächst erscheinen 17 Erzählungen – nachdem sich das Buch aber sehr erfolgreich verkauft, werden mit jeder Neuauflage ein paar weitere Anekdoten hinzugefügt. Die erweiterte Sammlung kommt schließlich nach Deutschland und wird von Gottfried August Bürger übersetzt, überarbeitet und neuerlich ergänzt. Er baut den prahlerisch-grotesken Stil des Ich-Erzählers noch aus und ergänzt die Schwänke durch volkstümliche Ausdrücke und zeitgenössische Anspielungen. Diese Sammlung erlebt zahlreiche Neuauflagen, wird nach und nach in über 30 Sprachen übersetzt und erscheint in immer neuen Ausgaben, mal illustriert, mal sehr verkürzt und schon im 19. Jahrhundert auch in Fassungen für Kinder, obwohl die Erzählungen nie als Kinderliteratur gedacht waren.

Heute möchte man dieses Meisterwerk der Lügen-Literatur als „All-Age-Buch“ bezeichnen – oder ganz einfach als „Klassiker für die ganze Familie“.

# Inhaltsverzeichnis

## Walbreckers Klassiker

Klassiker sind Bücher, die sich über einen langen Zeitraum als Lieblings-Lektüre von Jugendlichen durchgesetzt haben – oft gegen den Willen von Eltern oder von Literaturkritikern. Sie erzählen sowohl von zeitlosen menschlichen Problemen als auch von Erlebnissen in anderen Zeiten und anderen Ländern. Jeder unserer Klassiker ist ausgezeichnet neu erzählt und in vielen Vorlesungen darauf überprüft worden, ob er auch „ankommt". Denn: Lesen ist kreativ und macht Lust, ein spannendes, ein gehaltvolles Leben zu führen.

### Ali Baba und die Vierzig Räuber

Wie der arme Ali Baba eine Schatzhöhle entdeckt, die Räuber überlistet, sich mit seinem neidischen Bruder einigt und wie durch eine kluge und schöne Sklavin alles gut ausgeht – das wird mitreißend und spannend erzählt. Es ist wichtig, sich das Zauberwort zu merken: „Sesam, öffne das Tor!"

### Robinson Crusoe

Robinson, der berühmte Schiffbrüchige auf einer einsamen Insel, muss lernen, sich allein zu versorgen. Zum Überleben braucht er Schutz und nachwachsende Lebensmittel. Eine lange Zeit voller Abenteuer verbringt er hier, bis er wieder Kontakt zu Menschen bekommt – aber es sind Kannibalen! Eine Geschichte voll innerer und äußerer Spannung.

**Oliver Twist**

OLIVER TWIST ist ein Buch der Überraschungen und Wendungen, die Personen und Teilhandlungen sind kreuz und quer verknüpft – das ist große Dramaturgie. Die Personen sind klar gezeichnet und haben ihren Charakter. Da ist Oliver selbst, der unter schlimmsten Umständen die Ehre seiner Mutter verteidigt, da ist Nancy, eine sehr starke Frauen-Figur, da sind die „Bösen“, in denen sich oft noch ein wenig Gutes findet … Es ist auch ein Buch der Moral – die Gier nach Reichtum geht quer durch die Gesellschaftsschichten. Und es zeigt die Kinder als die Verlierer in einem System, das deren Missbrauch nicht verhindern kann. Verhältnisse, die wir hier nicht mehr kennen, die es aber noch heute in vielen Teilen der Welt gibt.

Aber Oliver Twist erlebt ein „Happy End“!

**Gullivers Reisen**

In klarer Sprache wird die flotte Handlung der Geschichten von Gulliver bei den Lilliputanern und bei den Riesen geschildert. Gulliver versucht, gut mit ihnen auszukommen, lernt ihre Sprache und es entwickeln sich Freundschaften – aber manche Adelige und Militärs werden zu Feinden. So lebt er in ständiger Gefahr. Wie wird es ihm ergehen?

**Moby Dick**

Die Männer des Walfangschiffes kommen aus aller Herren Länder. Hier muss sich der junge Ismael bewähren und findet in einem der Harpuniere einen Freund. Kapitän Ahab ist besessen von der Jagd auf

Moby Dick, den weißen Wal. Das dramatische und spannende Geschehen treibt seinem Höhepunkt entgegen, als Moby Dick gesichtet wird und der Kampf mit dem geisterhaften Wal beginnt. Neu erzählt nach dem Roman MOBY DICK von Herman Melville.

**Die Schatzinsel**

Vielfältige Charaktere sind in diesem Klassiker in einem Spiel auf Leben und Tod verbunden. Nie geht die Spannung verloren, die Reise mit dem Schiff ist für Jim Hawkins eine Möglichkeit, in die Welt zu kommen und sich zu bewähren. Er ordnet sich nicht unter und geht immer wieder eigene Wege.

Es wird auch gezeigt, wie die Gier nach Gold und Geld manche Menschen zu Übeltätern und Bestien macht. Es wird auch klar, wie manche Menschen am Alkohol scheitern – selbst der Lange John Silver, der Anführer der Piraten, warnt seine Kumpane vergeblich.

**Till Eulenspiegel**

Wer kennt schon Hermann Bote, den Verfasser von TILL EULENSPIEGEL?

Ihm verdanken wir aber die erste große Sammlung von Anekdoten, in denen der berühmte Till vor Hunderten von Jahren seine Mitwelt narrt, foppt und ärgert. Zu Tills Zeiten gab es noch keine Comedy – heute wären ihm die Hauptrolle und höchste Einschaltquoten in einer solchen Show sicher!

Seine tollsten Streiche und ihre manchmal auch unliebsamen Folgen … in zeitgemäßer Sprache und für die ganze Familie neu erzählt.

**Robin Hood**
In der Übergangsphase zum Erwachsensein sind die jungen Menschen besonders sensibel gegen Ungerechtigkeit und gegen Ungleichheit und haben den Wunsch nach einer besseren Welt.
Dies ist auch das Anliegen von Robin Hood und seinen Freunden, die gemeinsam durch dick und dünn gehen, die sehr verschiedene Charaktere haben und doch zusammenhalten, um gemeinsam Abenteuer zu bestehen. Eine rasche Abfolge von Erlebnissen und Gefahren lässt keine Langeweile aufkommen.

**20.000 Meilen unter dem Meer**
Jules Verne ist der vielleicht erste Science-Fiction-Autor und Verfasser von vielen fantastischen Romanen, die in alle wichtigen Sprachen der Welt übersetzt wurden. Abtauchen mit Kapitän Nemo und seiner Crew in der futuristischen „Nautilus“ (dem ersten U-Boot der Welt) in eine unterseeische exotische Welt, die von Ungeheuern und wundersamen Wesen belebt ist. Eine Welt, in der es unter größter Lebensgefahr schier unglaubliche Entdeckungen zu machen gilt.

**Huckleberry Finn**
Am Ufer des Mississippi liegt das beschauliche Städtchen, in dem Huck lebt – alles ist langweilig und zu ordentlich für ihn. Kaum zu glauben: Sein Vater versucht ihm zu verbieten, in die Schule zu gehen! Und so dauert es nicht lange, bis er unter abenteuerlichen Umständen fliehen muss.
Huck, der weiße Außenseiter und Jim, der schwarze

Sklave, tun sich zusammen; in einer Zeit, in der Rassismus und Sklaverei fest verwurzelt waren. Auf einem Floß lassen sie sich den Fluss hinunter treiben und erleben ein Abenteuer nach dem anderen. Eine witzige, anarchische und faszinierende Geschichte!

**Die Schildbürger**

Wem das Schmunzeln Schmerzen bereitet oder wer zum Lachen extra in den Keller geht, der sollte diese Geschichten lieber nicht lesen. Denn entweder wird der Leser viele Schmerzensschreie ausstoßen oder die nächste Zeit häufig im Keller verbringen …
So beginnt eines der versponnendsten und amüsantesten Bücher der Weltliteratur: über die durch ihre Intelligenz und durch ihre verrückten Ideen berühmt gewordenen Bürger von Schilda, im Land Utopia.

**Don Quijote**

Dies sind die originellsten und lustigsten Anekdoten aus dem berühmten Riesen-Ritter-Roman des weltbekannten spanischen Autors Miguel de Cervantes: Er schickt seinen verträumten und verliebten Helden auf einem alten Pferd namens Rosinante in Abenteuer, die sich jeder Möchtegern-Ritter nur wünschen kann. Da sind größter Mut und Geschick angesagt, um allerorten in gefährlichsten Kämpfen gegen überlegene (allesamt nur einbildete) Gegner siegreich zu sein. Wäre da nicht sein vermeintlich so dummer Knappe, Beschützer und Retter Sancho Pansa – Don Quijote wäre noch heute mit Holzschwert und einem müden Gaul unterwegs, um seiner geliebten Dulcinea zu imponieren …

**Sindbad der Seefahrer**

Wer möchte nicht in diese fantastische orientalische Welt reisen, mit SINDBAD DEM SEEFAHRER? Wer möchte nicht an seinen spannenden Abenteuern teilhaben?

Vor vielen hundert Jahren wurden sie in Indien und Arabien erfunden, die zauber-vollen MÄRCHEN AUS 1001 NACHT. Eine der unterhaltsamsten und originellsten ist die von Sindbad – hier neu erzählt, zum Vergnügen der ganzen Familie!

**David Copperfield**

Wie schwer und dramatisch kann das Leben als Kind, als Jugendlicher sein?

Ein prügelnder Stiefvater, ein ungerechter Direktor im Internat, der frühe Tod der geliebten Mutter ... David muss dem allen entfliehen: in die Großstadt London, in alle möglichen Jobs, ins Verliebtsein. Welchen Freunden kann man vertrauen? Ab wann wird das Leben kriminell? Gibt es ein Happy End??

Einer der spannendsten Romane der Weltliteratur, von einem der berühmtesten Autoren: Charles Dickens.

**Tom Sawyer**

Mark Twain, einer der berühmtesten und erfolgreichsten Autoren der Welt, hat diesen aufmüpfigen Typen Tom Sawyer erfunden, einen Jungen, der mit seinen verrückten und fantastischen Ideen die ganze Familie auf Trab hält. Verliebt in Becky und befreundet mit dem originellsten Schulschwänzer Huckleberry Finn, inszeniert er eine Story, die uns an den großen Mississippi entführt – hier zeitgemäß neu erzählt und ein Lesevergnügen für die ganze Familie!

**Aladin und die Wunderlampe**

Eintauchen in die exotische Welt des Orients und miterleben, welche Wunder dort möglich sind: Der arme Aladin begegnet einem mysteriösen Derwisch, der ihm zu einer alten Lampe verhilft. Aladin entdeckt deren unglaubliche Zauberkraft: Er gelangt zu ungeheurem Reichtum und darf schließlich, nach Überwindung der schwierigsten Hindernisse, die wunderschöne Tochter des Sultans heiraten. Diese Geschichte zählt zu den schönsten und spannendsten
Diese Geschichte zählt zu den schönsten und spannendsten MÄRCHEN AUS 1001 NACHT.

**Kuebler Verlag**